双年诗经

2017 — 2018

中国当代诗歌导读
暨中国当代诗歌奖获得者作品集

唐诗 · 主编

四川人民出版社

图书在版编目（CIP）数据

双年诗经：中国当代诗歌导读暨中国当代诗歌奖获得者作品集.
2017—2018/唐诗主编. — 成都：四川人民出版社，2019.6
ISBN 978-7-220-11398-7

Ⅰ.①双… Ⅱ.①唐… Ⅲ.①汉诗－诗集－世界－现代
②诗学－文集　Ⅳ.①I12②I052-53

中国版本图书馆 CIP 数据核字（2019）第 101484 号

SHUANGNIAN SHIJING

双年诗经

中国当代诗歌导读暨中国当代诗歌奖获得者作品集（2017—2018）

唐　诗　主编

责任编辑	张　丹
装帧设计	张　妮
责任校对	吴　玥
责任印制	祝　健

出版发行	四川人民出版社（成都市槐树街 2 号）
网　　址	http://www.scpph.com
E-mail	scrmcbs@sina.com
新浪微博	@四川人民出版社
微信公众号	四川人民出版社
发行部业务电话	（028）86259624　86259453
防盗版举报电话	（028）86259624
照　　排	四川胜翔数码印务设计有限公司
印　　刷	四川机投印务设计有限公司
成品尺寸	160mm×230mm
印　　张	25
字　　数	350 千
版　　次	2019 年 6 月第 1 版
印　　次	2019 年 6 月第 1 次印刷
书　　号	ISBN 978-7-220-11398-7
定　　价	50.00 元

目录·Contents

第一部分　双年诗经

第二部分　纸上诗经

第三部分　网上诗经

第四部分　中国当代诗歌奖(2017—2018)得主作品专辑

An Introduction to Contemporary
Chinese Poetry 2017—2018

第一部分
双年诗经

余德水 绘画

红梅树下卧着美人　/ 华万里

当爱来时
你到了

红梅树下卧着美人

我在一朵惊讶里
销魂

长长的红裙曳地仿佛一袭艳事
我的喜悦有泪
在你的花心
欲滴

眼睛的新镜头
咔嚓咔嚓，一次次，快速地
拍下你

无数另外的花朵因你而惭愧

拍繁密的红梅花罩你如同红纱帐
欢乐有立方

你的面庞生春

拍你的美眸藏娇
神在顾盼中为你缓缓而过

拍你手拈一枝梅花
细认从前
看我的热恋如何依次含苞待放

你宛若我的红颜菩萨

此时，如果我想燃烧
你一定有火焰

假设我要进入
你绝对告诉我幽径

没有什么
比用梅花的肉疗伤更神秘

在一朵花的房间做爱
能否
让整个冬季吃惊

我有红宝石的滚动难以数清

胆怯的爱是多么的风月不入骨
我要
用花汁酿酒

喝它个红袖托杯
醉青白发三千丈

即便疼痛有灰烬
那灰烬
也是火珠子研磨的朱砂

这欠下的风流债是因了你而不是她

你横卧在红梅树下
更加风韵万千

青草地
频频生辉

白昼的上空显现唇形星辰
它们
能够用来作吻

灿烂
迷人

刹那成永恒

（选自《红岩》2018 年 7 月）

这是华万里爱情诗中的一首代表作，写得极致入骨，艳光四射。红梅树下卧着美人，这美人是他的心仪和咏唱，让他惊觉出"你宛若我的红颜菩萨"的绝色感叹，并且发出痛快淋漓的低声呼叫："没有什么／比用梅花的肉疗伤更神秘"，"我要／用花汁酿酒／喝它个红袖托杯／醉青白发三千丈"，显现出此处字字风流倜傥，彼处句句秋波流转，种种意象随风而来，绕花旋转，才子天性，尽付花中丽人。读罢，非但领略到华万里的天籁自鸣，化美为媚，点字成爱的超凡写作本领，还会让人"在一朵惊讶里／销魂"！（唐诗）

雪猫与女人 /张　烨

我喜欢蓬松白云

野花般倦慵在地上

没有谁会注意一只猫的奔跑

我贪玩，整日找吃，没有意义的存在

晚上好！世界，晚上好

雪花携着那个女人来了

来得像一段忧患岁月

雪花用复杂情绪表达着她

一半温柔一半狂悖

一半躁动一半静美

就像人间八卦，把宇宙缠绵成黑白两条鱼

一半阴一半阳

高冷，就这样飘着别堕落

银妆世界已乘坐雪橇下滑

被凶猛黄色染浸，我岂肯喝下变质养料

伤害惊心动魄，污垢犁开白雪

弓起腰，妩媚，舞起前爪

对夜空做一个妖冶姿势

真有那么严重？

生儿育女，我不愿卷入
我缺乏母性是因为具有太多的母性

她在落泪？严重了，严重时刻
严重时刻。我奔过去对她说，漂亮女人
别耸起敏感触须体味夜之悲凉
衡山路灯色昏昧，咖啡香，酒香，烤鱼香
带一只咪咪去潇洒，让流浪也高贵一下。其实
饥饿流浪而看着雪景也是快活的

风猛撼，雪狂下，整个人生
要被今夜围困。头脑清醒，脚步迷惘
这不是我一个人苦闷，这，不是我一个人苦闷

唉！这样活着远不如我们猫类自由
猫类世界也很大
管它呢，自由就是心大
放得下自己容得下天地
忍不住喵呜一声
她旋即转身，目光缓缓，刺痛我背脊
留下女人缝纫的痕迹

夜的黑须飘啊飘
我在蓬松白云上面无忧奔跑
晚上好！世界，孤独的女人，晚上好

（选自《解放日报》2017 年 5 月 21 日朝花版）

　　《雪猫与女人》是一首有点复杂的诗。"我"时而指代雪猫，时而为女人独白；"雪花携着那个女人来了/来得像一段忧患岁月"，这个诗句犹如画外音，是以一双猫眼的视觉来表述的。"高冷……银妆世界……被凶猛黄色染浸"，"我岂肯喝下变质养料"，"伤害惊心动魄，污垢犁开白雪"，这是女人的内心独白，暗示人所面临的时代文化境遇；与现实生活的矛盾冲突中的精神苦闷和抗争。在进一步的阅读中，"我奔过去对她说，漂亮女人/别耸起敏感触须体味夜之悲凉"，可见动物对人的世界的理解与关切，"我"不无忧伤的疼痛"她旋即转身，目光缓缓，刺痛我背脊/留下女人缝纫的痕迹"。此诗以不动声色的口吻以及具体细节的描绘，充满了个性的魅力，以及对心性的自由追求。诗中雪猫、女人或可读成女诗人的另一个她者，充满戏剧性，颇具现代主义风格。（李天靖）

在信号山眺望罗宾岛　/ 黄亚洲

在我的视线里，曼德拉当然还在
天下着小雨，他仍旧悄悄地蹲在湿润的灌木丛旁
眺望四周的更加湿润的大西洋

在那个岛子上，他肯定是想逃的，最近的海岸只有九公里
也有政治犯先行泅渡的
他蹲着，狼一样的目光发绿，他恨不能长出一对翅膀

他的罪名恰恰也是，他想让他的祖国
长出自由的翅膀

整整十八年，他都没有逃成
罗宾岛四周的海面上方，有军方的巡艇 24 小时巡逻
罗宾岛四周的海面中间，有大西洋排浪 24 小时巡逻
罗宾岛四周的海面下方，有凶猛的鲨鱼 24 小时巡逻

自他的国家 1961 年实施种族隔离法关押政治犯以来
三千犯人无一人能活着游回大陆
他的好些难友，游进了
鲨鱼的胃

曼德拉与他的国家，是在同一年长出自由的翅膀的

同一年。这个岛屿，成为种族隔离博物馆

鲨鱼的牙齿，成为展品

天下着小雨，鲨鱼隐蔽在浪里

我站在信号山上，一直试图望见那些潮湿的灌木丛

我好像看见曼德拉站了起来，微笑

手里拿着教鞭

灌木丛旁，好像摆着一张讲台

他笑，他有雪白的牙齿

关于民主，他是地球上

最好的讲解员

（选自中英对照诗集《我的北非，我的南非》2018 年环球文化出版社）

导读

　　在《在信号山眺望罗宾岛》，诗人写到了曼德拉苦难而辉煌的斗争历史。他当年作为政治犯被关押在罗宾岛，现在，"这个岛屿，成为种族隔离博物馆"。具有讽刺意味的是，他当年被指控的罪名恰恰是"他想让他的祖国／长出自由的翅膀"。他为了非洲的解放，为了非洲的自由和民主，进行了不屈不挠的、卓有成效的斗争，并最终取得了胜利。他的一生为非洲人，乃至为地球人，反抗压迫，争取独立，追求民主，做出了光辉的榜样，因此，诗人自豪地说"关于民主，他是地球上／最好的讲解员"。黄亚洲也很重视曼德拉为推进非洲现实发展所做的巨大成就。在《南非鸟巢》里，他把 2010 年的足球世界杯、和平鸽与曼德拉放在一起加以考量，认为曼德拉在世界历史上是举足

轻重的，由此，他说："是曼德拉，把地球当足球，踢了一下。"对于如此重要的历史人物，非洲人民当然永铭在心，他们在南非总统府前为曼德拉竖起了铜像，彰显他为非洲的自由和民主而战的历史价值，正如黄亚洲在《南非总统府，曼德拉铜像》里所总结的，"曼德拉是自由与广阔的代名词"。（杨四平）

替一首古风把脉 / 车延高

风慵懒。扫不去地上霜。
黎明就把灯火掐灭
睡眼蒙眬的几个汉字把困倦写进《蜀道难》

笔累得喘
躺在笔架上睡觉
一滴墨香爬出西窗，打着哈欠
看天空怎么给一个诗人的浪漫留白

星星隐退
没有才华的炊烟有些迟疑
像一缕胡子在追问童年
天真如果学步
灵感，该怎么走路

金樽老成了古董，有滋有味对饮一地月光

李白端坐在唐朝的史册里
翻书的手
正替一首古风把脉

（选自《西湖》2018 年第 11 期）

　　山静似太古，日长如小年。"酒在肚里，诗在心里"，中间总好像隔着一层，无论喝多少酒，都淹不到心上去。就像有千言万语要说说不出，焦急、求恳、迫切的戏剧。枫叶荻花秋瑟瑟，诗人笔迹草率，仿佛纸上亦烧尽了秋声。而他就只为每个空空酣睡里游荡的星光，初秋便有绵长的耽搁。夜色瘫软，就在那死市，城上却已三更，马滑霜浓。诗人困惫失眠，朝夕色磅礴，诗句似夜行车，他说李白的墓地应有夜来香，尽是蔑弃不顾。炊烟袅袅的，空气里有一种清湿的气味，如同晾在竹竿上成阵的衣裳。这光景倒是现代人所特有的——载着悲切而悠长的鹰呼，冉冉地，如一接踵而来的帆。而每一个不可思议的日子，无声地，航过诗人的十月窗。李白斗酒诗百篇，长安市上酒家眠。日色阡陌，就是个无限意思的存在。纵胸怀千般愿，顿景换情迁地辗转，在地底跳着、舀着的只有些跌倒的、委弃的人生之爱，对于岁月亦是荡子。月儿如灯，人如月。西窗外永远是风雨方殷，深灰色的玻璃窗，灯前更觉得安逸。诗人没结没完地抱怨着，到底还是睡着了。秋天的树，凄迷稀薄像淡黄的云，登场退场间刺破原始的荒凉。在诗人心中，古代的黎明大抵就是这样的，红杏枝头笼晓月，湖绿的天，淡白的大半个月亮，桃红的花，小圆瓣个个分明。把扇子倒挂在照片上端，温柔的湖色翅膀，古东方的早晨的阴瑟。现在是很安好了。（刘川鄂）

读卡夫卡　/娜　夜

扉页上　他惊恐的黑眼睛越陷越深

里面有一座精神监狱

一个国家的抑郁史

读书人只能读书

一只甲虫　得到了时间的邀请——

在卡夫卡与恋人的合影上

保持着旁观者的寂静　我叫它：朵拉

它就是卡夫卡的棺木放入墓穴时

拼命往里跳的女人　你想起

一个人的爱　纪念和赞美

比遗忘和诅咒更好　我叫它：因果

它就是石器时代的萤火虫

对人类万家灯火的想象　我叫它：汉字

它就是一首诗的可能和破绽

它给过我们勇气？　我叫它：芸芸众生

人性的　和尚未变成人性的……

偶尔的厌世是一种救赎　我叫它：今天

它就是 2017 年剩下的最后一个黄昏

旧事已去

（选自《诗刊》2018 年 10 月上半月刊）

诗的角度来呈现卡夫卡的命运肖像，这或许是我读到过的有着相近的主题的诗作中最好的一首诗。诗的题目预示着一种精神的紧张，这种紧张只能通过卡夫卡的人生和作品来展开。卡夫卡的命运，也是现代人的普遍命运的一个缩影：伟大的精神存在与卑微的充满奴役的现实处境的内在冲突。这首诗的出色在于，它没有将笔墨浪费在对卡夫卡生平的描述上，而是直接将对卡夫卡的阅读观感提升为对现代人的生命情境的自我省察。诗的布局显得相当老练，双行体的行进犹如女式双截棍的挥舞，将诗人对生存的悲剧性的体察分布得进退有据；整首诗的语气也既精当又大气：悲剧性的感受实为这首诗的出发点，但随着诗的内在进展，我们却并未看到诗人放任自己沉浸在无名的哀伤的情绪之中，相反，通过对内心的声音的锤炼（"我叫它"的反复出现），诗人获得了一种心灵的洞察；至少，在读到"偶尔的厌世是一种救赎"这样的句子时，同样敏感的读者是不会错过精神的共鸣的。（臧棣）

时间是命运的携带者 　/南　鸥

时间与命运的一次野合
一张明天的车票，挤上今天的列车
沿途的风景都有自己的宿命
为谁盛开，又为谁落败
其实，每一次生生死死
都是皈依

服从内心的指引，在时间
缝隙盛开，但我始终被时间排泄
我是命运的使者，又终将
被时间埋葬。原来时间掌管着
命运，原来命运犹如
时间排泄物

我穿越，挤上明天的列车
是时间的错误，还是命运的荒谬
是我的命运篡改了时间
还是时间的错误抽打我的命运
冥冥之中，谁篡改了
我的时空

（选自《诗潮》2018 年第 1 期）

　　这首诗是诗人对个人命运的诘问与抗争，而时间是命运的全部展开，他的陷入，他的纠结，他的愤然，意味着命运背景的荒谬与生命的坚忍。而"时间与命运的一次野合"这样的神来之句，给人平添某种荒诞之感，特别是"野合"这个词，当它与"时间与命运"连在一起，生发出让人难以言喻的意蕴。而这种荒诞手法的恰当运用，在南鸥的诗歌中比比皆是。被篡改的命运寻求出路，而时间却不管不顾，生命的不平与孤寂之感，跃然而来。这种深邃的、冷僻的、奇异的表达，对时间与命运的洞察反衬现实的荒谬与命运的残忍。（宫白云）

抵达之诗或孤独者的吟唱 /雨　田
——观海男绘画展

只是记忆的开始　层峦叠嶂的词语撞击着我的痛
云南高原的山岭　峡谷　红河　还有向日葵
都是率真得那么自由　无边的黑暗里你痛饮月色
是的　喝过长夜无眠的人最懂片刻之甜伤人利害
走近你才知道　你为什么要端起斟满黎明的酒杯

线条拥有音乐　场景和蒙太奇之后　谁的直觉
正洗涤无法抵达的梦境　树枝　花朵和飞鸟
触摸着眼睛的尽头　自由高于一切　我的羞愧
还能修改什么呢　假如我用悲伤呼唤暮色中的鹧鸪
那么　此时此刻　悲哀的思想还有人来追随吗

也许我们始终都在渴望贫困的精神　不能歪曲的信仰
有时真的很虚无　只有漆黑风让我倍感温暖
不知为什么我在流淌的血液里看见时代的冷漠之后
只是在片刻抽搐了一下　我们真的不是荡妇和酒鬼
红河安静地搅动着葵花和玫瑰　涌向光芒　涌向火焰

（选自《作品》2018 年第 8 期上半月刊）

　　雨田是一位诗歌写作已长达近 40 年的优秀诗人，相对于人一生来说，这是一段漫长的写作时光，也让他得以经历朦胧诗、第三代、新生代等各个时代诗人的冲击而不断锤炼其诗艺。雨田既承续着其早期就已形成的厚实、密集、尖锐的写作风格，又逐渐做到了让其诗歌中的一贯的痛苦、哀伤的情感主题获得了一种更为深沉与和缓的表达。历经世事沧桑的诗人早已领悟生存之痛苦与灵性生活不得不面对现实的无奈，他去参观另一位诗人海男的画展，他看到了画中和画外的高原和层峦叠嶂，音乐、梦境、花朵和飞鸟，他其实借着画里和画外的众多元素又编织出了自己的生命之画，那是寻求自由的诗人之画，只能在精神的维度抵达，却无法在现实中抵达，因此这只能是孤独者的画，当然也是孤独者的诗。（何光顺）

最多…… / 李轻松

在祖父、祖母和父辈们攀爬过的山坡上
我比小兽们还要恭敬
祖先都安息在这里。风也吹吹停停
一点雀斑点缀出大地的美——
像花拥着花，水推着水
你们从小趾甲探出的花瓣中，认出我

路上的碎石与荆棘刺破了我
姓氏隐在墓碑里，我替你们站了起来！
虽不知祖籍何方，却也无妨，
我只认埋葬你们的地方
为我的籍贯之地，写碑之心！

最多只有三代还来凭吊：母亲、我，女儿
最多还有三朵花开：莲花、雪花、泪花，
最多，还有三个仙家：狐仙、黄仙和常仙……

（选自《诗刊》2018 年 8 月上半月刊）

导读

　　李轻松是一位有着高度自我审视意识的诗人。她早年的诗歌对内心世界以及承载内心世界的这个肉身，有着相当深情而又深刻的自我检视和诗意呈现，一句话，诗人的内视野运用得相当自觉和完美。近年来，她的诗歌从注重内视野到注重外视野，内外视野同时打开，诗的视野更加开阔，诗笔灵动自如，诗意纵横古今，诗情扑面而来，各种来自自然、社会与人生的种种意象纷至沓来。诗人巧妙经营，看似随心所欲，实则笔法老道；看似轻描淡写，实则笔力雄浑；看似漫不经心，实则匠心独运，为我们构筑起又一番崭新的诗意之境。这样的诗意之境与过去相比显得视野宏大，胸有万物，诗有万端，点字成诗，力透灵魂，读来让人刻骨铭心。"最多只有三代还来凭吊：母亲、我，女儿"，读之心动、情动和颤动；"最多还有三朵花开：莲花、雪花、泪花"，读之灵魂高洁，品之情真意浓；"最多，还有三个仙家：狐仙、黄仙和常仙……"读得惊心动魄，遐想不已，感慨时空苍茫，人世空蒙。这首《最多……》呈现出一种恭敬、肃穆、深思与刺人心魄的清醒和果决，既情动于中，而又情驰于外，如此深情的诗歌是我们这个时代所需要的真情之歌，也是所有时代所需要的赤子之歌。

（唐诗）

在太阳背后晒了一夜月亮 /高 凯

夜很冷。太阳没有出来
但月亮出来了

没有晒上太阳
晒上月亮了

在异乡的一个阳台上晒月亮
我把自己晒黑了

原来，我和某一个人的思念
一直是火热的

在太阳背后晒了一夜月亮
我才知道

（选自《天天诗历》，中国青年出版社 2018 年 12 月出版）

导读

《在太阳背后晒了一夜月亮》让人看到情诗本来的模样。此诗不油腻。诗人没有"亲爱的"这种直抒胸臆，更没有任何一个关于情爱的表达，也没有"信天游"中对脸蛋、笑容、身材等直白的思念，诗人很节制自己的感情，整首诗清水出芙蓉，不染一尘，诗人淡淡地说："没有晒上太阳/晒上月亮了"，一句朴素话语，却充满人生况味。

此外，此诗以简胜繁，看似什么都没说，又什么都说了。晒月亮晒黑，还在异乡，说明月亮的魔力和能量，也写出了情感出场的地点。诗人话锋一转说出原因"在太阳背后晒了一夜月亮"，一句话把思念顺势抛出，看似平常的晒，就有了苦难。诗言情，高凯的诗让我们知道，诗中的情要悄悄地巧妙地送。（桂杰）

壶口瀑布 / 姚江平

有这一壶老酒
人生足矣

这酒，是从天上来的
是从诗仙李白的掌心里
滑落下来的
"黄河之水天上来"
他醉了，醉在黄河
他美了，美在壶口

他的一次沉醉，穿越了千年的风云
他的一次迷醉，牵引着身后的众生
更让我这个酒鬼加诗痴的后生晚辈
就着缕缕的月光和他一起举杯对饮

这一壶好酒啊
让我的胸膛涛声阵阵

（选自《诗刊》2019 年 9 月上半月刊）

　　姚江平的诗歌读来大气豪迈，诗情澎湃汹涌，诗意肆意汪洋。诗篇一开始就像一个来自大西北的汉子突然出现在舞台上，立马吟出"有这一壶老酒/人生足矣"，足见其狂悍与自足，清醒与沉醉，豁达与潇洒。紧接着诗人展开想象的翅膀，纵横千古，穿越时空，围绕酒这个核心意象进行诗意建造，由此写出了一首大气磅礴的诗篇，犹如黄河从源头出发，一路开疆拓土，兼收并蓄，终于变成了在中国北方纵横驰骋的一条母亲河一样。诗人从酒这个意象出发，紧接着拎出李白、李白的诗篇与壶口这三个意象，诗意就在这几个意象之间跳动，诗情像奔腾而下的壶口之水跳跃激荡，激情四射，最终将诗人的胸膛激荡出"涛声阵阵"。诗作雄浑有力，诗篇干净简洁，达到了"大用外排，真体内充……具备万物，横绝太空"之境，是不可多得的一首好诗。（唐诗）

涌出心间的祝福 /马万里

——写在儿子婚礼上

打开一本相册
时光就会倒流
爱如潮水
汩汩涌来

孩子啊，多少年才能修得母子的缘分
我们本是一个人
继而分成两个心跳

怀你的时候，我就动用了乐音
动用了七彩霞光
还未出生我就为你预订了远方

《0到6岁小太阳》是我给你订的第一本书
你的嘴巧，第一个喊的是妈妈
十一个月你稚嫩的双足学习开步
一歪一扭
诉说对这个世界的新奇和向往
孩子啊！我那时

只愿你的前方全是鲜花和掌声

你聪明伶俐活泼好动

喜欢和院里的大孩子玩

苏鹏给你取过外号花果山

两岁你能背《茅屋为秋风所破歌》

能把唐诗倒背如流

三岁时你在托儿所染上了病毒性痘痘

我身上也有

我和你爸按着你让医生用手术刀剜痘痘

你那会儿你只是哭

但当医生给我剜痘痘时，你挥舞手臂拼命地高喊：别动我妈妈！

孩子啊，你那么小就有了一颗仁慈的心

六岁那年你爱上了四驱车

学会了组装，改造，你的思维能力

遗传了爸爸的精巧

那年，在焦西赛区举办的四驱车大赛上

你荣获了冠军

在十九中学门口的墙壁上

一张鲜红的大榜贴了那么久，那么久

孩子啊，你不知道

我多想将那红榜画在心上

我的状元儿郎

七岁那年你上了小学

第一次值日

一帮小孩，有往前扫，有往后扫

灰尘弥漫，越扫越脏

你像一个大孩子一样

指挥着同学们扫地，多像一个小小的将军

多年以来我一直喊你宝贝

喊你豆豆

喊你春天

喊你希望

我们三个人挤在一张小床上

连做梦都是甜的

生下你之后

我的诗情就源源不断汩汩而来

那时你那么小，总是盼望着你能长大

仿佛需要一生的时间去等待

我给你订过《少年科技》《世界军事》《儿童文学》

还在文化宫给你报了无线电测向班

上中学时，我让你上了最好的学校

想让你受一流的教育

初一下半学期你成为市射击队员

为此数学成绩落下

为了考上高中

我残忍地终止了你的射击梦

把你转到了十三中学小班

初中毕业后的暑假

你练了跆拳道，打到了黑带

考上了高中

继而又考上了大学

从河南师大毕业后又顺利地

来到焦作日报社工作

孩子啊！感谢你能成为我的孩子

感谢你让我见证了你的成长

从俯视到仰视地与你交流

这低头与抬头之间

满是爱与牵挂

二十八年的时光追得上我的皱纹

却追不上我对你永无止息的爱

孩子啊

你才是妈妈一生最好的诗作

我相信你一生都纯真善良

不沾染尘世的一丝俗念一粒灰尘

我想一直看着你明澈的目光

一生都是光明都是坦途

在北京，在一座古居门口

我看到这样一副对联

一等人忠臣孝子

两件事读书耕田

所以我在咱家的门楣上刻下了耕读传家

二十八年的时光让我变老让你长成一棵参天大树

二十八年的时光我们母子从未分离过

孩子啊，在今天我要把你亲手交给幸福

希望你们如花似玉春风得意

希望你们比翼双飞鹏程万里

希望你们白头偕老相敬如宾

希望你们身体健康平安如意

（选自《北京文学》2017 年第 11 期）

导读

有没有这样一个人，他会让你心里永远柔软？让你记得那些别人都忽略了的小事？让你觉得人间多么可贵？纵然华年远去，你依然觉得，只因心底的那份柔软永远不变，一切都很值得！在《北京文学》读到诗人马万里写给儿子的一首诗《涌出心间的祝福》，让我对那些疑问一下子就有了答案：这个人就是孩子！看完这首诗，你会为一个母亲对儿子的爱所感动：作者洋洋洒洒，从十月怀胎写起，写蹒跚学步、咿呀学语，一直写到长大成人，写到儿子的婚礼上！反复读这首诗，让我们再一次深度认同：儿子是妈妈一生最好的诗作！其实，不管做妈妈的是不是写诗的，每一个妈妈一生都是在用一颗诗心对待孩子的，十月怀胎时，初为人母的喜悦，对未出生的孩子的各种遐想，为孩子预订的远方，动用的乐音和七彩霞光……这做母亲的简直就是个神——如果一定要说这世间有什么神，那就是母亲，母亲对待孩子的心，就是最神圣纯洁的，而诗，是最接近神的！（陈小庆）

悬空者　/ 吴少东

我曾持久观察高远的一处
寒星明灭，失之西隅
展翅的孤鹰，在气流里眩晕

我曾在 20 楼的阳台上眩晕。
那一刻，思之以形，而忘了具体
无视一棵栾树，花黄果红

譬如飞机腾空后，我从不虑生死
只在意一尺的人生
一架山岭，淡于另一架山岭

曾设想是一颗绝望的脱轨的卫星
在太空中一圈一圈地绕啊
无所谓叛离与接纳

我思之者大，大过海洋与陆地
我思之者小，小于立锥之地
我之思，依然是矛与盾的形态

（选自《延河》2018 年第 9 期）

　　诗歌究竟是个有结论的"思考"，还是无结论的"思虑"，关于这两方面的思索，正如吴少东在多次或一生都身处"悬空者"位置上所描述的"思想形态"。即，"我之思，依然是矛与盾的形态"。的确，这首诗好就好在它"矛盾"了，它"无解"了。于是，诗情也就跟了进来，与诗人一同身处"悬空者"的位置，眩晕也好，无视也罢；在意也好，淡于也罢；叛离也好，接纳也罢；大过也好，小于也罢。一句话，作为悬空者最好的式样，就是"矛与盾的形态"。作为"现实版"的式样在吴少东看来："譬如飞机腾空后，我从不虑生死/只在意一尺的人生/一架山岭，淡于另一架山岭"，其中的"一尺的人生"与"一架山岭"，一个"小"与一个"大"，真有"道生一"之豁然。

（卢辉）

打 点 /柳 苏

这两个字，时常响在耳边
活了这么些年，深谙它的含义

纸窗没戳破，里边的人，没看清他的
五官。深层次的，更一无所知

尽管出于无奈，不吝啬付出
的汗水。目的不能停顿在希望之外

我们所有的，供养家糊口，也不排除一部分
原本替人家而准备。这是个死理

（选自《山西文学》2018 年第 11 期）

导读

　　《打点》是柳苏最具经典意味的一首诗。打点对中国人并不陌生，封建时代衙门难进，给衙役掬点银子就解决了问题，直截了当，便捷快速，有时不失为一种生存智慧，但也反映了人治社会存在权力寻租的空间。也许是司空见惯的缘故，之前还没有诗人创作过这方面题材的诗歌。柳苏敢为天下先，这么大的题材用一首小诗写了出来，可以说写出人人眼中所有笔下所无的东西。地冻三尺，非一日之寒。没有对生活的洞见和一定的艺术素养，是难以为之的。柳苏没有具体写打点的细枝末节，那样写与讲故事没有多大区别。这类诗写不好容易落入概念化的陷阱。柳苏高就高在他的笔墨用在对这一行为的精神感悟上，这样就避免了结构上的平铺直叙，在意蕴的挖掘上取得了重大突破。这首小诗写得克制冷静，呈现的是事实的诗意，可以说写出了打点的普遍性、隐蔽性、矛盾性、客观性。诗人重点写打点者，诗中还有一个潜在的角色，那就是被打点者，虽没着一字，但可以推断出他握有某种权力，讨好他的人趋之若鹜，也许已经到了盆满钵溢的程度。诗人举重若轻，虽不动声色，但给人醍醐灌顶之感。诗人对仰人鼻息、看人脸色的卑微生存状态心存悲悯，对大众的麻木"哀其不幸，怒其不争"，对发生在群众身边的微腐败表现出强烈的不满和批判。就是在诗歌被冷落的当今时代，我坚信这首诗会赢得读者的喜欢，因为它写的是大多数中国人都有过的体验，即使没有，耳闻目睹的也不少，对这种现象并不陌生。也许打点是在不自觉或懵懂状态下进行的，但读过这首诗，我们会对过去不以为然的行为产生新的认知，对产生这种现象的制度漏洞和监管不力进行反思，对这种行为本身的价值产生怀疑和动摇，唤起生命尊严的觉醒和对正义与公平的渴望和期盼。（王立世）

追 寻 / 曹有云

太阳从我毛茸茸的眼睫毛冉冉升起
再从他们冰凉如铁的后背落下

几十年了
我看着太阳壮硕的脸庞日渐老去

我看见小区院子里两个老人
每天掐持念珠拉着家常，从早到黑

最后一缕自然光爬过书架之角
黑夜旋即降临

太阳终究远走
月光追寻着院子里一对空荡的石头凳子

（选自《诗刊》2018 年 2 月上半月刊）

导读

仅有十行的《追寻》几乎每一行都在"追寻"：追寻"太阳"、追寻"老人"，追寻瞬间"爬过书架"的"时光"。但最终，"太阳"远走，"月光"只是追寻到院子里一对"空荡的石头凳子"，此番凄凉景象无不在强烈暗示：小区院子里那两位老人已永久远去，不再回来。而整首诗里"冰凉""老去""最后""黑夜""空荡"等具有悲凉气质词语的频繁出现，无不生成一种冷峻甚至残酷的意义指向：生命短促，寒荒，无奈，甚而空荡苍白，无甚切实的价值意义。但即便如此，我们还得追寻，一直在追寻：活着的意义，生死的重量，生命的庄严。（张智）

诗的莫比乌斯带　　/ 西贝［澳大利亚］

物象写在纸的表面
难言的真相隐在背面
两者截然相隔
有人戳破了纸
只窥视到一些碎片

但有一条诗的莫比乌斯带
让两者在不经意间相遇
在那里没有分隔的边界
沿物象的层面径直走下去
你能无限地趋近真理

（选自《星星》2017 年第 11 期中旬刊）

导读

拓扑学中的莫比乌斯带，虽然属于数学范畴，但数学除了研究数量关系，更是研究和分析模式的科学。莫比乌斯带可用一个纸带旋转半圈再把两端粘上轻而易举地制作出来，它的特点就是正面和反面是相接的。还有人把莫比乌斯带与数学无穷大的符号"∞"相联系，因为如果一个人站在一个巨大的莫比乌斯带的表面上沿着他能看到的路一直行走，他可以无限地走下去。莫比乌斯带的这些性质恰好也概括了现代诗歌意象的一种纵深走向。既从表面的物象描述，到达隐在背后的超验的感悟，再回归到意象的本源及至更深一层的现实，循环往复间就仿佛是走在一条莫比乌斯带上，演示出富于意象的优秀诗歌能够把现实的物象空间和寓意的超验感悟空间奇妙地连接在一处。

（庄伟杰）

植物法庭 /剑 峰

时间没死

因为花朵

感觉到凋谢的过程

它确实凋谢了

留下孤零零的花托

圆润的皱褶像水波的鳞片

这枚剥了壳的核桃

昂着头仍在思考

某个夏天的夜晚

我看到对面阳台上

一个光着上身的男人

面向一堵白色的墙

在吸顶灯下猛抽着香烟

他吞云吐雾

一件件飘散的囚衣

给周围的植物戴上镣铐

第二天,植物法庭

将进行一场跨界审判

(选自《四川文学》2018 年第 5 期)

　　剑峰的诗很善于"命名"，而且大多是虚拟的命题。以他的《植物法庭》为例，他对植物的另类命名，实则是诗人为自己所热衷的"心学"找到了重新认识世界、重建新的精神价值和意义世界的机会与载体："时间没死/因为花朵/感觉到凋谢的过程/它确实凋谢了/留下孤零零的花托/圆润的皱褶像水波的鳞片/这枚剥了壳的核桃/昂着头仍在思考"。读完这段诗，我很怕有人说剑峰的诗只剩下想象了，而且还是玄想。不可否认，想象给了剑峰那么多奢华的智性空间和幻象空间，而且"植物法庭"里的"跨界审判"能在瞬间呈现出：物与人、人与物之间的复杂感情与复杂经验的不可思议的联络，正是这不可思议的联络将一场似是而非的"审判"前置，成全了《植物法庭》驳杂的、连绵的、持续性、期许性的"玄在美"。是的，剑峰的很多诗歌都离不开玄想，因为有了玄想才使得他诗歌的存活度大增，尤其是他诗歌中的玄想与动机格外炫目："他吞云吐雾/一件件飘散的囚衣/给周围的植物戴上镣铐"。是的，"吐雾——囚衣——镣铐"就是他玄想与实物间的"心术关联"，在这关联里隐约呈现出他那情感的波段与理性的密度。可以说，剑峰的诗很玄，但是他的"玄"与物、与人十分配对，因为他的"玄"不仅仅是描绘幻觉意象，而是把它作为一个造化异象与心理事件互为交错的"时代幻象"。（卢辉）

我看见电线杆上站着人 　/ 王爱红

我看见电线杆上站着人
而且不是一个人，在横担上
那是工作的姿势
像一件雕塑
凝固在暮秋的晚风中

我看见电线杆上还站着人
那是抱箍、瓷瓶和线夹
作为电的桥梁，电的路，我想
他们在电线杆上，只是站着
已经接近伟大了

我相信电线杆上站着人
在窗前，我看了很久了
夕阳已经落山
他们只是一动不动
像是入了静，像是
陷入了遥远的怀想
我知道，电线杆上是应该有什么
站上去的，即使没有人
也会是喜鹊或者凤凰

在这里，我不说蜂鸟与麻雀

我想，我会选择早晨

太阳升起来的时候

用另一种角度来凝视这种物体

此刻，电线杆直插云霄

像教堂的塔顶

被晚祷紧紧包裹起来

继而，我看见电线杆上缀满了璀璨的星星

（选自《绿风》2018 年第 4 期）

导读

《我看见电线杆上站着人》，写的是站在高处而身处低层的普通劳动者，这一高一低的落差本身就产生了诗意，形成了思想张力。诗人围绕"人"这一中心，营造了大量可感可触的意象，进行了内在的本质的挖掘，用"接近伟大"来赞美这些平凡而又伟大的劳动者，无疑是一种科学的历史观。这首诗艺术上有很多特点，口语与书面语的融汇既亲切，又庄重。叙事和抒情的贯通，既不空洞，又不拘泥。形式上放得开，舒展自如。内容上收得住，凝神聚气。内容与形式，思想与情感相得益彰，是一首形神皆备的好诗。（王立世）

奴隶制 / 方文竹

我们相爱多年　美好的日子过得一点不剩

头发花白时　答案终于变成了传奇

商量着试图将日子从现代过回到古代

在资本主义时代机械式复制一些情感标本

在大封建时期建造一座大庄园　花蝶荷塘丫鬟啥也不缺

在奴隶制时期要停顿下来慢慢过　慢慢地过

你当我的一天奴隶

我当你的一天奴隶

互为主奴　榨干爱的余汁　享尽占有的烈焰

盘剥春光　白雪　秋果　饮足唯美的清露

"连自杀也被管制呀　大地扫荡得真干净"

孤篇　绝句　完形　爱的内容一览无余

并繁衍出无数手抄版

最后到了原始社会　以原始的爱而终

而原始的爱正来自于压迫的爱

（选自《中国当代诗人100家》，江苏凤凰文艺出版社2018年版）

　　《奴隶制》因其构思的精巧和新意的迭起让我喜欢。可以看作是对现代人婚姻状况的深度思考，用调侃谐谑的笔调，层层剥离着"美好的日子过得一点不剩"的坚壳式情感困局。传统社会进化论的论调被人频繁颠覆和否定。诗人不管这些，他借用这个形式，从资本主义溯回到原始社会，每一层级的诗意设定都让情感的枷锁和疆土一点点松动，一点点获得氧气。当溯回到奴隶制时停顿了一大段时间，并安营扎寨书写起情感的千千结，用力也猛。令读者不禁被洗脑，婚姻的本质难道就是奴隶制？这是很难否认的。这里诗人用了一系列锐利的词语，助证自己的论断：榨干，享尽，盘剥，饮足，管制，扫荡，繁衍……最后来了一句"而原始的爱正来自于压迫的爱"，重点强调"压迫"二字，将奴隶制和婚姻的共通性，水到渠成地揭示了出来。这种写法，有难度，融化掉了学术和学究的藩篱，而感性地呈现了谐谑美学的风采，结合婚姻这个社会化主题，像雅马哈鱼一样回到了她的源头。即便这是可行的，奴隶制可是永生的符咒和暗礁。这就是这首诗的深刻之处。（黄土层）

香樟树 /向以鲜

你的树和我的树的沉睡
仍然交融在黑夜里
——博尔赫斯

把你叫作一棵树
我的心会莫名跳动不安
仅仅从生命形态来看
你确实只是一棵树
碧叶霜皮，根须一应俱全

和头顶的天空相比
十亩树冠还不算太辽阔
金枝停云，四季浓荫匝地
倾斜小院落仿佛一架
悉心庇护的青瓦鸟巢

数人合围的躯干堪称雄奇
比杜甫讴歌的柏树还要摆谱
有人曾试图砍死你做成传世嫁妆
贼亮的刀锯在黛色峭壁映照下
显得苍白，那样不堪一击

而潜行交织的蟠根虬节
是聂家岩地下的绝对王者
控扼着所有的缝隙和水分
并以不可思议的神秘力量
穿透小学操场，梯田及墓地

至于昼夜分泌的爱情或樟脑
造化独一无二的馨香瑞雪
不仅杀万千虫蚁于无形
假若配上黄连薄荷、当归槐花
则可以清心、明目、防腐蚀

当整个村庄都置于长风流苏
与狄安娜的伞形月色中
我的睡梦全是仁慈的叶子
全是母亲怀抱一样的影子
香樟树下的世界总是让人放心的

请宽恕我这样轻描淡写地
谈论故乡翠微的神灵
千百年来的毗沙门撑着一柄华盖
即使我满含热泪匍匐于麾下
也丝毫不能有所裨益

好吧，无比霸道的香樟树
青春不老的巨人手掌
我只能视你为一棵树
在燕翼一方生民的大树面前
再掏心掏肺的赞美都是陈词

（选自《四川文学》2017 年第 6 期）

一个部落和村庄的传说，大多跟老树或神奇的动物有关。弗雷泽在《金枝》中发现：美洲和非洲某些部落，一截树枝可以代表部落王权的力量，拥有保护整个部落和森林的魔力。聂家岩香樟树的金枝，其亭亭华盖具有十亩之阔，是青瓦木屋的保护神：它击败了野性的砍伐，驱散了生生不息的蚊蝇虫蚁，给升斗小民之家一份馨香的安宁。这是一首值得反复品味，令人头皮发麻的诗歌。当一个异乡人来到一个陌生村庄，只要能看到大树，听见鸡鸣犬吠，他的心就可以安静下来，这是村庄的能量场。这种能量在这里围绕着一棵比人的寿命长十倍百倍的大树涌现出来。一棵貌似平凡的大树，记载了无数代人的生活，许多生命的故事和愿力都存储在这里。当人们面对这样一棵树龄超过 1100 年的"翠微的神灵"，人类，确实太渺小了。在它面前，那扑面而来的能量令人"莫名地跳动不安"。（夏吉林）

黑店世家 / 李尚朝

孙子从外面回来
他放下美酒，就很饿了
孙子吃了儿子的鹿肉
就来到死去的爷爷面前

爷爷流着眼泪唱：
黑！黑！黑！
黑了爷爷黑孙子
黑！黑！黑！
黑了别人黑了自己的根

儿子从外面回来
他放下金银，就很渴了
儿子喝了孙子的美酒
就来到死去的爷爷和孙子面前

爷爷和孙子一起唱：
黑！黑！黑！
黑了爷爷黑孙子
黑！黑！黑！
黑了世界黑了自己的天

（选自《中国校园诗歌年鉴 2017》）

从现实环境看，很多人都不得不承认，中国人已进入互害模式。各种假冒伪劣，各种有毒食品，包括药品，甚至疫苗，都让人胆战心惊。大家都像开黑店一样，为一己之私，只管谋财害命，以为自己能逃脱升天，但最终都会害人害己。李尚朝这首《黑店世家》以夸张与魔幻的手法，写出了这种现实，并对这种现实发出了诅咒。一家三代，以为都是在害别人，最终一家死绝，害了自己。诗人为中国的现实提出了惊人的警示，希望不要"黑了世界黑了自己的天"。一首小诗，容量绝非一般。（胡林）

野菊花 / 海 湄

我路过山坡的时候野菊们依偎在山坡上
山坡上还有一群半大的羊
羊在野菊中穿来穿去
野菊虽小，却把羊染的黄中带绿

低头的时间长了，它们偶尔也会抬头
天不大，太阳寂寥而又悱恻
大雁在云旁，羊在野菊旁
我走在它们中间，看着它们走进了白云

作为云的一部分
羊们，流着黑红的血
我走过大叶杨、蜀葵、银杏树、柿子树
野菊跟着漫过来，它们会
一起凋谢

（选自《诗刊》2018 年 1 月下半月刊）

导读

诗是美学，我从海湄的《野菊花》中感受到了由这"美"所创造的力量，强大的气场构建与灵动的诗意铺排，恰到好处，融会贯通，给人以心灵的洗涤。（流泉）

霞洞怀古　　/ 赖廷阶

霞洞彩霞满天了，我们没有看见
杨贵妃也没有
看见。高力士看见
风吹马鞍下的铜铃
西边的云彩漫过了浮山的头顶
此时杨贵妃斜坐在汉人坡上剥荔枝

她的手白皙修长骨节根根错落有致
宛如清晨的雏鹰般零落起舞
精心剥荔枝的人
沉浸在自己的世界中
执着而幸福地自言自语

她爱的人一直没有出现
她的爱人也喜吃荔枝
一颗、二颗、三颗……
如春雨散落在那个血色的黄昏
如蜜蜂沉浸在粉色的夜晚

一个人走了。从此霞洞与根子
泛着两种不同的天光

夜晚。高力士抚着瑶琴与星光

有一场梦在茂名大地上
苏醒，荔枝树上盛开彩虹
随着诗的醉意
我们与高力士错身而过
我们与杨贵妃错身而过

（选自《诗潮》2018 年第 5 期）

导读

　　赖廷阶是一个有着独特个性的诗人，在当今诗坛他因为有着多方面的爱好和修养显得与众不同。一般而言，写某个地方的诗歌尤其是命题类的诗歌很难写好，诗人为我们做了如何写好这类诗歌的有益探索。这首诗承续了他一以贯之的朴实诗风，众所周知朴实的诗风，稍有不慎，就会落入浅露，落入俗套，但这首诗没有辜负读者的期待。诗人在不经意中将杨贵妃、高力士等植入在茂名霞洞和荔枝树中。由此，诗意沿着这几个意象所构建的世界，像一条汩汩流淌的河流流经沉思的茂名，流入沉稳的浮山，流进沉默的霞洞，流进了每一颗甜蜜的荔枝果之中。诗人与诗中的杨贵妃一起"沉浸在自己的世界中/执着而幸福地自言自语"，霞洞"彩霞满天了"，茂名已经"苏醒"，荔枝树上"盛开彩虹"，诗有了"醉意"。这一切都是在平实的诗写中娓娓道来，诗意像荔枝一样慢慢沁人肺腑，荡人心智，怡人心怀。这首诗不假雕饰，不事造作，平中见奇，静中有动，古中赋新，诗意天成，诗情自然。只要我们认真思考，善于表达，无处不可以成诗，无物不可以咏叹。每一种诗歌风格都可以创作出佳作，诗人赖廷阶以这种朴实的诗风为我们塑造出了一种崭新的高度。（唐诗）

诗 歌 / 蓝 珊

魔鬼说
你去诱惑他
就能得他

那我宁愿选择
放弃
就像海的女儿
为了心爱的王子
变成
泡沫

这个世界
语言已被污染
隐私像垃圾一样
暴露
情感被一次次
整容

诗歌和我
隔着一个世纪的冰山
他已经沉睡了几千年

长长的睫毛上
闪烁着
二十一世纪的星星

但是
不要叫醒我所亲爱的
等他
自己醒来

（选自《诗歌点亮生活》，作家出版社 2018 年 7 月）

导读

　　以"诗歌"为题的诗作时有所见，它们大多表现作者的诗歌观念或对待诗歌的情感与态度。蓝珊的这首《诗歌》也不例外。而它之所以引起注意，我想是由于以下几点：第一，它触及了诗歌在当下的命运或所处的环境，并将自己对诗歌的不改初衷的恋情置于这样的环境之下，益发具有感人之处。作者是一位女诗人，她把诗歌作为自己心目中的王子，以此开始了自己始终如一的感情之旅。第二，诗歌是作者心目中的高贵乃至神圣之物，它深厚如冰山，闪烁如星辰。它可以照亮俗世生活，同时也具有抗拒污染的能力。第三，这首诗语言简洁、单纯、透亮，它喻示着作者心目中的诗风也应该如此，同时这也就意味着作者对那些晦涩难懂的作品、过于烦琐的词语方式以及一切格调不高的诗歌的舍弃与否定。（杨志学）

客串今生 /金 迪

黑夜赋予思考，
白天给我尊严。
这一切都是合理的指引，
雷鸣电闪提醒我——
最亲密的时候才能最响亮最闪耀。

在隐隐作响的呢喃中，
天空升起真实的长廊——
出生——生活——死亡，
浓彩重墨的三个词，
轻描淡写的三个词，
是这三个词，
每天开启着这个世界。

"我即是我所有的空间"，
我没有贪婪但有野心，
我即是我所有的时间，
我每日的梦都浇灌雄心——
秘密的浩瀚，
无边的色彩，
我是我前生的延绵，

是来世在今生的客串。

（选自《中国风》2018 年第 4 期）

导读

　　金迪这首诗是真实心迹的产物，《客串今生》自觉地建立起自己的心灵面貌，诗人在自己的诗中把自己的精神扎下根来，字里行间透出一束束真挚的眼光，他在自己营建的秩序——"出生——生活——死亡"中井然地游走，每一次过程都是诗人在"开启着这个世界"，诗人把他与世界的关系定位为我们是一起过桥的人，危险交给桥下的流水。寄寓了诗人对自然与生命的思考和世事的洞明，诗人希望总有一天能推翻狭义相对论，希望太阳能教会人类真正的时间守恒和空间永恒。诗人真实地书写着自己的内心与人生诸相，拒绝着矫情与做作，以自己的诗承载起人生的许多磨砺与诸多的体验与感悟，呈现出自由不羁的思维形式与独特的艺术表现力。（宫白云）

悬崖边的树 / 杨　锦

我清楚，落日碰响我时，我就是
悬崖上，那棵
裹着风呼啸的大树

雷声无蕊
闪电有花

我的主干如直立不斜的粗壮峰身
枝条比梦还老
树叶如书页，永远翻下去
都是下一页

喜欢看日出，月亮也当作银子做的情人
雾来的时候
我不认为是站在了痛苦的边沿

雨击树顶
当洗我的冠冕

我在年轮中称王，在秋风里罢免诸侯
我做得神秘，彻底

回到眼睛里

为一杯不朽的泪，干杯

我清楚，落日终将最后一次碰响我

但我并不同落日一道沉没

因为我不是

倒塌的风景

（选自《中国诗人》2018 年第 5 期）

导读

　　诗人用美妙的文字描绘出了另一棵《悬崖边的树》，与诗人曾卓所写的《悬崖边的树》有着不同的形象和内涵。我们这个时代和诗人曾卓所处的时代已经大为不同，因此两首同样题目的诗作是两种完全不同的诗意。这首诗以第一人称的口吻，告诉读者，"落日碰响我时，我就是/悬崖上，那棵/裹着风呼啸的大树"，瞬间将读者拉到了一个特殊的场景，这样的场景里我"裹着风呼啸"，因为我有"粗壮峰身"，"我在年轮中称王"，"为一杯不朽的泪，干杯"，"不同落日一道沉没""我不是/倒塌的风景"，凡此种种都呈现出的是孤傲、倔强、雄壮与豪迈。但是这棵树也有着柔情蜜意的一面，"喜欢看日出，月亮也当作银子做的情人"。这棵悬崖边的树作为一个独立于世间又对这个世间有着清醒认识的我，仿佛一个大智大勇之人横空出世，让人的神为之所动，思为之所系，情为之所动。这首诗以惊艳的词语、超强的想象、独特的意象、丰富的内涵动人心魄，在曾卓已经创造了一个诗意高峰的基础上，再闯出了一条诗意之路，再塑出了一棵诗意之树，这棵树必将因为独特的诗意进入到我们这个荒诞而又真实的世界。（唐诗）

引力波的玫瑰 / 秦 川

——祖国，如果流泪
我要如何咀嚼盐的滋味
——潮

我是不是应该抓住你呢。人间的最后一缕光线
也可能即将暗淡、甚至湮灭。我们在引力波的
包围中，在那惊涛骇浪中，我们已没有空间

这也许不是宇宙的尽头，但可能是人间的尽头
也是我们命运的尽头，无法预知那光线的走向
我们饱受宇宙挤压的煎熬，我的眼睛已经漆黑

亲爱的男孩，湮灭之前，我觉得我成功做到了
融合在你的身体里，整个世界赐予了我唯一的
色彩，你我都无法割舍的祖国军人的深深翠绿

疑问什么呢，我还是决心要自私，我要抓住你
我要你做我的爱情，我要你做我绝对的偶像
还有谁，能撕开黑暗，光芒起人间重生的光芒

我要崇拜你，我要重生的人间崇拜你，我要

宇宙所有新生的光都汇聚在你的眼睛，然后
你深深地注视我，我渴了，你要用双唇赐给我

已不是挤压，是撕扯。已不是挤压，是撕扯
是毫不规则、剧烈的撕扯，是置于死地的撕扯
空间，到哪里去寻找，时间，似乎湮灭已很久

刚刚有一个瞬间，我想算了，不如就此青春
甚至想，干脆也对不起你，不如让你也就此
青春了，永恒地青春，和我们不忍的青春祖国

我是坏人吧，因为下一个瞬间，我分明感觉到
一丝暖流，来自于你吃力但坚定地托着我的手
而暗淡的光线似乎渐渐越过了你撕去的乌云

我还是决心要自私，不顾一切要死死抓住你
我要你做我的爱情，我要你做我绝对的偶像
我要活，然后去霸占绿军装里你那透心的体味

我要爱你，爱你的孩子，爱你为我一个人独自
我要爱你的目光，爱你时常偷偷跑来的脚步
请放心，我会选择宇宙陪伴我除你之外的时光

都过去了吗，光芒又渐渐耀眼，我还有仅剩的
一点力量勉强抓住你，我的世界，都回来了吗
我要向着世界之外，不要推辞了，你就是主宰

如果不是爱，祖国啊又怎能再一次挣破黑暗
光芒耀眼，我一度以为那是我们曾经的初雪

你眼眸凝视的深邃，定义了山河引力波的晶莹

（选自混语版《世界诗人》季刊 2017 年总第 88 期）

导读

　　以"引力波"点题，直接表明这是一首科幻题材的作品，且通篇直达主题，在遥远的未来，某一时刻，人类面临在外太空生存的危机。这时，代表国家不息力量的军装的色彩毫无疑问成为我们民族内心的向心力，指引着我们奋争、奋发，指引着我们不管在什么时候都有追求世界和平、引领与呵护世界和平的历史责任与担当，最终，使我们赖以生存的星球辉煌与灿烂。序言短句"——祖国，如果流泪／我要如何咀嚼盐的滋味"，从细微的日常入笔，以小见大，表达了对祖国的挚爱，耐人寻味。（张智）

和一位大师交谈 / 三色堇

你来过，在夜晚
在一支香烟持续的闪烁中
我将目光靠近你的气息
靠近你深邃的思想和期待已久的对话

在"一切罪恶必得宽恕"中
你用"刹那间幸福的刺痛"教我辨识
世界的动与静，善与恶
混沌的大半生，怀着歉意的脸
缺失自信的脚步削减了人生的主题

我停顿在147页的语境里
"我和生活是同一模样"

（选自《星星》诗刊 2018 年第 11 期）

导读

　　毋庸置疑，一看题目，就知道这又是一首致敬体诗。但读完全诗后，你却发现它和当下众多的致敬体又是那么不同。一般的致敬体诗往往更多着眼于致敬对象，而这一首却是直接着墨于作者自身。一首短短的只有十一行的诗，作者从最日常的阅读行为写起，通过可期待的与一位大师的交谈，回顾与体察自己的人生，不断得到启示、惊醒与觉悟，最终达成"我"与"大师"、内心世界与外部世界的融通与和解。我们不难理解，一个已过天命之年的诗人，在面对一个心仪已久又极具悲剧色彩的大师时，最容易从他的传奇经历中观望自己的人世。但仅仅通过与大师短暂的交谈，便一下子获得"刹那间幸福的刺痛"，获得一场穿越"动与静"和"善与恶"的心路历程的喜悦与凯旋，却是一般人所难以达到的。这或许就是诗歌的力量，或者是如作者所"停顿在"那里的"语境"的魅力。帕斯捷尔纳克对天命的顺服与高于自我意识的创作意识，向来为作者所拜服，这种情感和思想也影响了作者的这首诗。帕斯捷尔纳克曾经说，"我很幸运，能够道出全部。"读作者这首诗，我也愿意套用这句话，说，作者也很幸运，能够体悟到"我和生活是同一模样"。（王桂林）

假如蓝天可以打包　/姚　园 [美国]

午后在家附近湖边漫步
一袭长长羽绒衣
也不能将瑟瑟的冷
走成局外

湖面被冰层冷冻
凝望头顶那蓝得化不开的
苍穹，怀忧万里之遥
被雾霾缠身的众生

如果蓝天可以打包下载
我该输入哪一个邮址
才不是一句自作多情的
笑语

（选自《当代诗人》2017 年第 3 期）

导读

姚园的这首《假如蓝天可以打包》为我们展示了诗的时空美。恩格斯说："一切存在的基本形式是空间和时间。"诗歌也自有其时空秩序。从审美感情与心理时空的关系着眼，我们看到了诗人迢遥而延展的空间视境，以及深阔的时间骧腾于空间的某种流变。伴随意念的超升，诗人的情感空间和主体的统摄能力，顷刻幻化出辽阔无垠幽远不尽的诗意。诗的首节为我们点明了时间与时序的变化，诗人午后在家附近的湖边漫步，从闭锁的自足空间走出，将诗美位移于冬日的时序之中，试图使自己的心灵不因为季节的变化与"瑟瑟的冷"而在时空上有所阻隔，意欲求得诗意空间的拓展。纵然未能"走成局外"，充其量也只是肉身难以超越的局限罢了，却断然不会困顿诗人的心灵空间，紧缩诗的气象与格局，进而影响情感空间与心理空间的推移。此诗传达了诗人独特的生活体验与心灵感知，有着丰富的想象、巧妙的运思，简短的诗句中包孕着丰富的意蕴，变幻的时空中贮满灵动的诗意。（崔国发）

佛　性　/董进奎

坐定一朵
引领花蕊修心
从静沉淀出净

遁入莲的颈脉
奏一曲
断藕的叙事

芦花空荡
唱尽心中最后一折子绿
于冬天的荷塘

握紧水的骨头
修一段藕体
填补我泥胎的缺节

春天，掏出自己建一座寺院

（选自《诗歌点亮生活》，作家出版社 2018 年 7 月）

　　这是一首体悟佛性的诗，于当下社会而言可以说颇有意义。更重
要的是，作为一首诗，它找到了较为独特的呈现方式。我觉得此诗的
成功起码可以从以下两个方面看出。首先是中心意象莲花莲藕的选
取。我们知道，佛教佛学，与莲花莲藕的关系是非常密切的。与许多
关注莲花美丽盛开的诗不同的是，这首诗选取了冬天荷塘里"断藕"
的意象，作为成诗的立足点；与此相关，又以芦花的意象作为比对和
衬托，引人思考，别具意味。其次是诗的句式、语言及其所包蕴的内
涵。此诗采取的是短句式呈现，语言简洁自然，这样便与其所要表达
的主题情调显得协调一致。在简洁的基础上，作者表现出了他提炼升
华主题的能力，如"修一段藕体/填补我泥胎的缺节"便很精辟，体
现了难能可贵的自省、自励意识。直至结尾写出"春天，掏出自己建
一座寺院"的襟怀，这既是开头所写"引领花蕊修心/从静沉淀出净"
的结果，也是对冬天孕育春天规律的揭示。同时，这首诗的语言还有
一种节奏感，与人内心的节奏相呼应。（杨志学）

只有你能让我抽烟　/任　立

在高原的小屋里
一根火柴没有划燃
这是因为缺氧
又一根火柴又没有划燃
是爱情缺氧?
我流浪雪域
流浪爱情的青藏高原
远方的爱人
此刻
你会像这儿的白昼和夜晚几十度的温差
心变或变心

于是
我就一根根地划火柴
从早晨划到晚上
从晚上划到早晨
直至将烟点燃
我沉浸在烟香中
细细地回味我们的过往
我们撼动神佛的爱的滴滴点点

因为

只有你能让我抽烟

我已经远离世俗，远离尘嚣

用透支的身心

透支的思想和灵魂

爱着你

爱着我历经沧桑的民族

无怨无悔

坚韧不拔

啊，我最心爱的仁增暖暖

这些

你更懂得我崇高的人品……

在雪域高原

我又一次脱胎换骨

又一次感触到爱的天荒地老

这个世界上

只有你能让我抽烟

从而

式微我人间的烦恼和屈辱

式微我爱情的怨愁和忧烦

（选自《诗潮》2018 年第 6 期）

导读

　　任立是诗歌真诚的祭献者，在一个荒芜的时代里，他高举诗歌的精神之火，烛照这个时代的黑暗龌龊与物欲横流。他从东部临海的崖觐泰山，来到内陆高迥的青藏雪山，从孔子郯子的家乡，来到了仓央嘉措的故土，同时领受着世俗圣贤和高僧大德的醍醐灌顶。他诗歌里的火柴和香烟，是在雪域圣地中的一次照亮，也是在宗教净土上对人间烟火的靠近；他诗歌里的爱情，是仓央嘉措的柴米爱情，也会是屈子隐喻的美人香草。（高亚斌）

杜鹃还是布谷 　/ 杨章池

"咕，咕啊，咕!"
在树顶，它用一声接一声的叫
截住支教老师返城的路。

陌生的鸟，吐纳巨大嗉囊
说无限悲苦。
他停下脚踏车，呆望一小时

天空高远，时间忽快忽慢
他在风中一直攥着拳头，几乎要
替它咯出血来

"大包鼓得快爆炸了!"当他
作为年迈的父亲向我转述时
已过 40 年

但他仍不明白那只鸟为什么
只冲着他叫：
那时，生活碎屑刚被扫除

病痛还遥遥无期。

作为客居湖北的广东人，他甚至不知道

它是杜鹃还是布谷

（选自《诗刊》2018 年 3 月上半月刊）

导读

　　或许世间一切都含有错误的成分，包括时代的错误，个人选择的错误，和身不由己造成的错误，抑或认知上的错误。这个错误，既有时间的长期，也有地理上遥远的区隔。时代的错误和个体命运的错误，就连一只鸟的啼鸣都在替他鸣冤叫屈：父亲当年背负的重压，就像"大包鼓得快爆炸了！"而那陌生的鸟类追随着旅人的脚步，仿佛追逼他承认这时代与生活的重压，并且随时都有可能在沉默与压抑中引发怒吼。（湖北青蛙）

为乌鸦辩解 / 吴海歌

乌鸦遮蔽落日，就真的黑了。

我们见到的星光，是从乌鸦的身体里透出的。
收拢翅膀，霞光就杀出来。

对乌鸦的研究，就像对死亡的深入
是没有结果的。
它会是一个无尽的过程。

乌鸦远离现实，对死亡感兴趣。
深奥的、无解的东西
被它永远地背负着，深入到肉体。
在不变中，隐藏着多种可能性。

黑色是最能着火的。
这显示出它的博大。大于死。

乌鸦不动声色地，叼着腐肉，飞向深空。

不能因此就认为，乌鸦不吉。
它近乎大美。是一个慈善家。

做善事，却遭人嫉恨。
与世无争的人，恨的是多管闲事。

乌鸦，好比垃圾车
焚尸工。遭人厌恶，且令人恐怖。
独行侠。以夜为食。以火为念。

黑翅膀，收拢和打开
都是一把上好的扇子。
一把扇风的扇子。

一种飞翔，并不比另一种飞翔差。
同为叫声，但因沾染了死亡气息
而被疏远。

黑是光明之母。它把火种保管得很好
它让它沉睡。
此刻睡眠，是为下一刻照明。
是为在寒冷时穿上火的衣裳。

煤，取自乌鸦的特性。
是一只飞累了的乌鸦。

心存善念。不曾死去的黑袍
披挂在身，与肉体同根。

（选自《重庆文学》2018 年第 11 期）

导读

　　吴海歌在词与句中，带着一种充满小小友好与傲慢的意味和偏锋，破风而行。在意外感带出陌生感的独特视角和对敏锐感受的把控和捕捉里，诗人在完成一种对词语的辨析和对普遍事物深处的理解，同时细致入微地完成了诗与情感内部的交汇融合过程。诗的内部是光亮的，正如诗人所写道"黑是光明之母"。（白月）

高峡平湖 /其 然

裤腰带勒紧的宁静，让水鸟一片安详
风，不紧不慢地梳理均匀飘过的日子
蓝天，白云和山的背影，此刻
都显得富足而且优雅，小舢板的劳形
早已经被剔除于画面之外，和谐的阳光
还有和谐的山风，在细长的流水声中
昏昏欲眠，浊流在暗处汹涌

时间，明显地慢了下来
在数千枚文字的簇拥下，早年的意气
被众多的形容词裹了又裹，露出水线的
全部都是谦和与慈祥，风雨雷电
与刀光剑影，不再轻易示人
宽阔的水路，可以容下万千的航船
放低的身子里，随时蓄满了战鼓与马蹄

我其实不关心这些，在这个
盛产阴谋与谎言的时代，走到水岸
我只是假装在看风景，或者假装与一只
野花，谈情说爱

（选自《诗领地》诗刊 2018 年第 1 期）

　　这是一幅多么优雅的水墨画，蓝天，白云，山的背影，浅浅的山水尽收眼底，我们在这样一幅画面里怎能不安详？当和谐的山峰与细长的流水都在耳边低语时，浊流却在暗处汹涌。与其说其然是在写景，不如说这就是诗人此时此刻的真实内心，这宁静的气氛里我们听到了不宁静的风声，雨声，甚至是波涛声，它唤醒我内心的隐痛，这是一幅现实生活的工笔画，为了生活，我们在漩涡里挣扎，沉沦，哭泣，呐喊，最后被生活打磨成另一个自己都不认识自己的人。但是，纵使生活改变了我们的喜怒，我们的内心依旧纯真，宽阔的水路，已经可以试着容下万千的航船，放低的身子里，随时都蓄满了战鼓与马蹄。在最后，诗人话锋一转，"我其实不关心这些，在这个/盛产阴谋与谎言的时代，走到水岸/我只是假装在看风景，或者假装与一只/野花，谈情说爱"。瞧，都是假装的。这世态，说不上炎凉，也说不上忧伤。但这就是生活的双面性，这就是我们的人生。不管你承认不承认，我们都在现实中被打磨，被追赶，被推动。人生本来就是充满荆棘和艰辛的，而在我们行走的过程中，我们的内心不断被现实摧残，压迫，在巨浪中完成一次又一次的洗礼。有时候，我们有宿命似的思维，有时候，我们又有随波逐流的颓废，而又有些时候，我们又会有奋勇向前的冲动，那么，在完成这一次又一次的转变过程中，我们是不是可以放慢脚步，听听我们真实的内心？（林兰英）

别 父 /冬 青

这个夜晚不是为睡眠准备的
气急心衰向人间作别哽咽生吞的泪水
对于父亲一切失去了意义

一缕微风将父亲像石头一样地吹着
把余温睿智善良和辽远的一生统统吹散
也吹着我的日夜兼程迟到的诀别

我忍着上天入地的悲悯一路追赶父亲
你消失得那么匆忙干净毫不迟疑
以至于让我欠你一个拥抱一辈子无法偿还

用哀婉的目光追问父亲肺里的那场战争
死亡把咯血和沉疴打扫干净
不再有杂草和霾从此别来无恙

你走了世界还是原来的模样
时事跌宕午后依然有寂静和阳光
让我事先领略了我走后的人间

被日月包了八十二年浆的父亲出远门了

收拾好内心卷起了铺盖向宇宙投宿
从此我便指天为父

六月里的父亲节本来就可有可无
这回彻底没关系了
远天一路下沉的旧太阳试图挽留父亲的喉结

很难说花飞花谢里没有父亲的音信
你热爱的鱼和大海恣意着你熟悉的诡异和波纹
岸上的风吹着空空的长椅以你的姿势垂钓你

你的存在和消失都是一种永恒
你走后万物皆父亲
天空有克制的悲伤云流过你的额头和咳嗽

夜晚前脚刚走清晨紧随其后
浮世在你身体里层层剥落莲花般打开
露出清澈和薄亮来归隐就在那里

用几个平方米安顿了你的白骨从此分守两岸
中间隔着浩荡宽远生死界河活着的思念
风吹落叶小树降下了半旗云层如铁

圆坟的那天在你坟头上撒下了芝麻和高粱
让它们用根须替我们碰触你抚摸你继续绕你的膝
浅草飘摇该不是父亲灵魂有知有话想说吧

把父亲种回地里时光变得静止而相似
生命因死亡而悲怆爱和苍茫引领向神靠近

过了七七四十九天父亲你骑青山踏白云搂抱月亮

下到地里的父亲再也起不出来了
你那脚踏实地的品行终于找到了归宿
松开一辈子的隐忍和两袖清风与土地抵足长眠

人生有着无数次的来来回回
这一次父亲真的一去不回了谁敢说你没有活过
我们的存在就是你来过人间的证据！

一捧灰和它来自的身体瞬间没了瓜葛
出远门的灵魂如果还没出关就别走了
留下来以父亲的名义把我穿在身上

父亲属于你的那部分不存在了
留在我身体里的那些也正在沉向死亡
其实从天堂里来到天堂里去除了你还有我们

（选自《诗歌点亮生活》，作家出版社 2018 年 7 月）

导读

　　"黯然销魂者，唯别而已矣"，何况天人永隔的离别啊。此诗以
"我"的视角铺叙了父亲离世女儿的悲情，一气呵成：写"这个夜晚"
父亲的逝世；"我"的奔丧、迟到的诀别与追魂，用明喻；内心悲戚
的慰藉，死亡于父亲的疾病而言是一种解脱或曰干净了，用悖谬；以
时空倒置体验"我走后的人间"那种失魂落魄，以及心空的茫然——
"指天为父"；写与父亲无关的父亲节，却见"远天一路下沉的旧太阳

试图挽留父亲的喉结"尤见沉痛；热爱生活的父亲虽已远逝，生前诸物，譬如花的生死、鱼和海以及岸上的风，仍有依依余情，景语皆是情语；以至于万物皆父亲或曰父亲即万物，"天空有克制的悲伤云流过你的额头和咳嗽"，写内心的隐痛。父亲的火化那节写得极美，"浮世在你身体里层层剥落莲花般打开"用比拟，以显内心的不忍；安葬一节，写忘川河两岸的景色格外凝重，连"小树降下了半旗云层如铁"用拟物写之；圆坟那天，想象芝麻和高粱长出的根须"碰触你抚摸你继续绕你的膝"，用拟人，尤见深情；"过了七七四十九天父亲你骑青山踏白云搂抱月亮"，写父亲超生，人生的绝望乃有宗教；肉身安息，品德的高洁与隐忍，无愧一生；"一捧灰"的灵魂于盘桓之际，"就别走了／留下来以父亲的名义把我穿在身上"，更见父女深情。一首悼亡之诗，悲恸无泪，字字沥血。女诗人擅长用比兴的手法且融情于景；有声的独白、无声的景语，诸场景历历在目，如看一场微电影。（李天靖）

地名考　/ 玩　偶

无序的更迭止于明正德七年十一月
古梁州伊始，沉浮于典籍之中的杂乱县名
首次固定下来，得益于北宋道士张伯端
曾经在此潜修立说。晨风微凉
真人眺望着晓露中的对岸
城郭如虹，悬浮于水面之上：
东边田园房舍明丽，西边树木苍翠
远山有鹤翅上渐起的云雾
崖下鸳鸯水半清半浊，交汇于洞前
明暗相对，阴阳相合
世间的美好之物，都有着恰如其分的完美
闲暇时，他也会游走在街巷
发现不曾觉察的意义，体悟道的虚无与硬朗
被风吹乱的花白头发
有着他对万物无可替代的敬意
出入鸟道，行踪无迹
人以神仙视之，遂用其道号"紫阳"
命名修炼之崖洞、山沟、河滩、茗茶
后世文人赋诗撰文，优雅的轻狂
在古老的名字中感悟天地玄机
只是小巷再无真人的纠错声

吊脚楼上推开的花窗，也无晨雾扬起的水汽

空气中弥漫着熟悉又陌生的味道

待细嗅，空空荡荡，不可名状

（选自《星星》2017 年第 11 期）

导读

　　玩偶写诗，曾经追求语言的"陌生化"，使诗行诗句给人显著"新鲜感"，他甚至多次在个人诗观里宣扬："写诗让人想象力异化，和这个世界格格不入。"这是需要有过人的把握"语言火候"的能力的，太过了，走得太远了，真"和这个世界格格不入"，那诗就不再成其为诗，那诗就不会有足够的共鸣圈，就不可能成就诗中的诗情与禅意了。"被风吹乱的花白头发/有着他对万物无可替代的敬意/出入鸟道，行踪无迹/人以神仙视之，遂用其道号"紫阳"/命名修炼之崖洞、山沟、河滩、茗茶/后世文人赋诗撰文，优雅的轻狂/在古老的名字中感悟天地玄机/只是小巷再无真人的纠错声/吊脚楼上推开的花窗，也无晨雾扬起的水汽/空气中弥漫着熟悉又陌生的味道/待细嗅，空空荡荡，不可名状"（《地名考》）。每句诗里的语言与意象搭配不落俗套，有新鲜感，每行诗之间的搭配与起承跳跃也颇新奇别致，整首诗却沉稳而厚重，隐隐地表达着诗情与启悟。这的确需要把握火候的能力。（少木森）

An Introduction to Contemporary
Chinese Poetry 2017—2018

第二部分

纸上诗经

溪山远舟

余德水　绘画

红旗渠：面壁太行 　/叶延滨

是爷们是汉子
就在这里面壁
十年面壁，面壁十年——
三千六百五十个日夜
用饥饿年代之血肉之躯
面对太行山十万巨石阵！

开凿红旗渠的父兄们
真的愿意用一根粗绳
把自己瘦弱而饥饿的身体
吊在山崖与朔风之中
这朔风如刀的高崖之上吗？

老天爷都知道
吊在高崖上玩命的
是三年大灾中的一页页日历
像冬天枯树上颤抖的叶片……
只因为背上有粗绳
只因为手中有铁锤
饥饿年代的饥饿
才只能止步于饥饿

收工后会有一个粗粮窝头
让生命熬过又一个冬夜！

向死而生
比高崖更坚硬的
是生的希望！希望是火种
是身体与岩石交锋点燃的引信
引信点燃炮眼，炮炸巨石
那是生命高声的呐喊——
汗水和泪水比岩石更厉害啊
何况是十万苦难者的汗！
何况是十万饥饿者的泪！

十万面壁的达摩
不，是比达摩更有信仰的杨贵
十万面壁的杨贵
不，是十万插在太行山的红旗

面壁，面对死亡而求生存
面壁，忍受饥寒而求温饱
面壁，因为干涸而求雨露
面壁，怀抱热爱而求明天

今天，每个站在他们面前的人
面对大渠，也面壁太行
面壁不动安静地站一会吧
静静地闭上眼……

面壁者，如果能感到

熟悉的一声声呐喊

亲切的一句句叮咛

融进了崖壁下这渠水淙淙

又淙淙流进了你的每一根血管

你是幸福的啊!!

幸福有源幸福有根

只因你的父兄,你的列祖列宗

也曾经是,一定曾经是

面壁而破壁的枭雄好汉!

（选自《解放军文艺》2017 年第 9 期）

导读

　　叶延滨是中国当代诗坛重要的诗人,一首《干妈》奠定了他诗人的坚实地位。其诗歌创作内容丰富,题材广泛,著述盛丰,声誉卓著。近年来诗人创作了不少各地行吟的诗作,诗情澎湃,诗意翻新,精彩纷呈。从这首写于太行山红旗渠的诗作中,我们依然惊喜地看到了诗人的激情,感知到了诗人的成熟,领悟到了诗人的智慧。在众多司空见惯的写红旗渠的诗作中,这首诗独辟蹊径,诗意盎然,情真意浓,诗人从面壁入手,一口气写出了面壁时,面对饥饿、死亡、苦难、崖壁、沟渠、信仰等的所思所想所感,诗人深情地写道:"面壁,面对死亡而求生存/面壁,忍受饥寒而求温饱/面壁,因为干涸而求雨露/面壁,怀抱热爱而求明天","面壁者,如果能感到/熟悉的一声声呐喊/亲切的一句句叮咛/融进了崖壁下这渠水淙淙/又淙淙流进了你的每一根血管/你是幸福的啊!! /幸福有源幸福有根"。读到这里,我们情不自禁地与诗人一同发出了"只因你的父兄,你的列祖列宗/也曾经是,一定曾经是/面壁而破壁的枭雄好汉"的浩叹! 整首诗作穿越时空，纵横古今，诗情汩汩流淌，语言干净透明，摈弃了空泛的抒情，达到了诗情浓郁而不滞塞，思想深邃而不故作，表达质朴而不直白，诗作感人肺腑，动人心魄，是一首难得的佳构。（唐诗）

为什么要去敬亭山 / 杨志学

去往敬亭山
就是指示一条回归的路径
回归自然回归山林
其实，最重要的是要回归到
一个人

人，不可能
像一只鸟儿那样地飞
所以不是回归到鸟
人，也不可能像
一片云那样地飘
所以也不是回归到云

人，要回归到你自己
人，要回归到一个人

从东晋陶渊明所言
性本爱丘山
到现在我们所说的
不忘初心
这之间，有没有

必然的联系

敬亭山不过是一个隐喻
人从哪里来
人又到哪里去
想好了，其实
不去敬亭山也可以
就像虔诚的穆斯林
不去麦加也可以朝圣
就像心中有佛的人
在哪里都可以得到皈依

当然，去一下会更好
实地体验或许
会带来意想不到的欢喜
去一趟敬亭山可能
会帮助你找到真正的自己
敬亭山是一个大本营
不管出去多久，走得多远
最后都要回归
也随时可以回归
回归到自己
回归到一个人

人，不可能像云一样飘
但可以像云那样
时而散，时而聚
人，不可能像鸟一样飞
但可以像鸟儿那样

自由地来，自在地去……

（选自《上海文学》2017 年第 10 期）

导读

　　诗歌，无论使用什么样的技法，最终的目标是能让读者进入其中，参与其中，收获属于自己的阅读体验。杨志学这首《为什么要去敬亭山》，化技巧于无形，属于真正意义的厚积薄发，深入浅出，呈现平易近人的诗歌品质。这里没有玄奥的修辞、晦涩的表达，以及只迂回不触及本质的诗歌通病。在诗人的心中和笔下，敬亭山在地理上确实是一个地方，而在文化心理和人生心境中，敬亭山又是一个极富意味的象征。诗人直入主题，正面回答为什么要去敬亭山，以及灵魂为什么要在安静中澄明之类的问题。我们在奔跑追逐时，为什么要适时停下脚步，进入敬亭山，做休整与回望？杨志学以诗的方式所做的回答，其实并不是在告诉我们一个答案，而是引领我们从他的诗行中回归我们的本真。是的，读了这首诗，我们不会再问为什么要去敬亭山，我们只会对自己说，我们的生命里总有类似敬亭山这样的地方，找个时间，找个心情，在心灵的深处，展开一次我与我的对话。这首诗人人可轻易读懂，无须专业解读。我们每个人都可以读出不一样的滋味，读出人生的境遇与向往。这又是一首我们无法读尽的诗，平常之下，思绪的丛林密集而幽深。诗人在诉说中回答，而我们总会觉得是我们在自问自答。诗人的高明之处在于，他明明站在诗的前面，而当我们阅读时，不见诗人，只见我们各自心跳的身影。（北乔）

正午：莫高窟　　/ 梁积林

一拨一拨的人
从一个石窟出来又跨界进了另一个石窟
脸色潮红俱带着虔诚
甚至对某种东西沉得很深
他们是否都看懂了佛的各种眼神
或者飞天女反弹琵琶的那声弦外之音
藏经洞的那个窗户空洞得仿佛谁把时间挖了个豁口
或者截流了部分

我记得六年是怎样的修行
我记住了石窟穹顶下普贤菩萨祥瑞的塑身

我记得呀，三危山下，一阵又一阵的驼铃
像梵音，又像是一些人在不停地凿壁之声

我听了好些时辰，一动不动
我突然笑了一下，挣脱了泥塑的表情

（选自混语版《世界诗人》季刊总第 92 期 2018 年 11 月）

　　莫高窟本身是集建筑、彩塑、绘画三位一体的至高艺术，以这样的题材写诗，对诗人来说具有很大的压力和难度。梁积林的这首《正午：莫高窟》却巧夺天工，他没有从莫高窟的正面聚焦，而是从观众和游客的反应入手，"脸色潮红""俱带着虔诚""沉得很深"。通过这些描写，莫高窟伟大艺术对众生的心理影响，便跃然纸上。但诗人又开始反问，"他们是否都看懂了佛的各种眼神"，是否听懂了"反弹琵琶的那声弦外之音"。之后，作者更是离开了莫高窟主体，用三节"闲景"，尤其是最后一句"挣脱了泥塑的表情"，是内心的顿悟，也是蜕化后的飞升，是对莫高窟佛教文化和雕塑艺术的领悟和共通。（王兴荣）

那些配得上不说的事物　/毛　子

我说的是抽屉，不是保险柜
是河床，不是河流

是电报大楼，不是快递公司
是冰川，不是雪绒花
是逆时针，不是顺风车
是过期的邮戳，不是有效的公章……

可一旦说出，就减轻，就泄露
说，是多么轻佻的事啊

介于两难，我视写作为切割
我把说出的，重新放入
沉默之中

（选自《特区文学》2018 年第 4 期）

导读

毛子的诗有一个相当典型的特征，往往在高度的简洁中凝聚思想起爆的沸点，带给读者一种惊心的感觉或深深的触动。他是一个冷静的写作者，或者说，冷静是其诗中表现出来的思想内核。毛子的这首《那些配得上不说的事物》也是如此，在不动声色中说出生存的某种隐秘，又掩抑着一种触目惊心的悲凉。诗人举重若轻，把词语的烈度化解在平静的语调中，意象之间的关联没有现实依据，都飘浮在生存的表象之上，却映现出现实的荒诞和荒诞之中必有的逻辑。"我说的是抽屉，不是保险柜/是河床，不是河流"，似是而非，避实就虚，言此意彼，恍若雾里看花，其实是一种看似模糊实则异常精确的表达。诗中那些飘浮的词语和意象都有真实的出处，在一位诗人对世界的认识中，包含着新奇的想象和深刻的悖论。（吴投文）

银 器 /流 泉

混沌中
一件久远的银器

你一声尖叫，所有的萤火
都点亮了
……器穴内部
我悬垂，濯洗，沐浴……甚至捡起
古老的树枝
一边击打，聆听
一边与渐行渐远的夕阳下的美色，形成天与地的鸣奏

秘籍打开
一场看不见的风，卷走半个世纪的
燃烧的舌头

（选自《文学港》2017 年第 12 期）

导读

　　这"银器"既是一件实物，也是诗人经过洗练和纯化的自身。诗

是作者敲打"银器"发出来的回声，是天籁之音；也是作者自我与万物和谐为一的自然之境。在诗人的"击打"与"倾听"之间，夕阳下的美色，正是灵魂之美的写照。（纳兰）

大寒日过穗园 　/秀　实［中国香港］

所有落下的叶子从不曾返回枝丫，我看到
许多曾经坚持守候的事物都在泥土中腐朽为萤
那个空间仍清晰无比，床尾是简朴的木桌与一排窗
笔与纸张，化妆品与首饰杂乱的置放其中
左侧是厕所与沐浴间。那临街的夹缝有光
或晴或雨的一扇小窗。记忆中的水声从未歇止
南方的夜总是柔软的，如有温热的瀑布流淌过
整个平原。以双手来摸索甜蜜的梦土，梦是另一种
伦理的存在。它会起伏会呼吸，它有色彩

大寒夜我瑟缩地走过穗园小区只因
我仍坚持着。眼下的龙口西灯火疏落。两旁的大树
枝叶更浓密而树桩上系着许多休歇的共享单车
那间路旁咖啡店换上了莫吉托的名字让我联想到
对善的固执，清醒和昏醉的相补与相依
而我还想到失落了的岁月和性。它真诚而简单
再不能带有任何的诠释。厌倦了世间的话语
只因它极为单薄，并夹杂了许多的偏见与傲慢
无惧于穗园缓慢的变改，牵挂却总是存在

（选自《新华文学》第 89 期 2018 年）

如果说，好的诗歌是一幅画，那么秀实应该是一个合格，甚至是伟大的画家。读他的诗，如观画。画中有人情冷暖，江河岁月，乃至万物神灵。诗人总是以进入的方式，离开现场，再真实有效的呈现，不制造诗的假象。

这首诗便是如此。以真实的画面展开对往事的缅怀。天籁般的诗句，道出了诗人内心对世俗的厌恶、对不可测的命运表现出的无奈和悲凉情绪。以现场痛斥现场，以无声对抗声音。而不见力竭声嘶。

（紫凌儿）

秋风起　/ 吴投文

秋风起，我从阁楼里下来
敲钟，一下两下叮当
蝉声的羽翼稀薄

西风来得早哇
有人撞上南墙不回头
独自叹息

草木抵住最后的凋零
却是一个恍惚，又一个恍惚
掩饰果实的迟疑

我钟爱这些发黄的草木
那么脆，天空晴朗
少妇走过庭园里落叶的嘀咕

我和一只蝴蝶的魂有什么区别呢？
舞一下，又一下
河水在远处静静地闪光

梯子已成朽木，我只有沉默

蚂蚁爬上一节

就有一节的恐慌

（选自《长江丛刊》2018 年第 8 期）

导读

　　《秋风起》有古意，给人静水深流之感，是一首"新诗"感很强的现代诗。所谓新诗，用废名的话说，"内容是诗，文字要是散文的。"本诗形式上是散而美的，诗质上是凝练富有深意的。一切景语皆情语，诗人善于摄取触目而及的现实境况中贴合内心情绪的场景，画面感强，富有诗性美感：西风早、蝉声稀薄、草木凋零、落叶嘀咕、天空晴朗、河水闪光、梯成朽木，暗合着叹息、恍惚、迟疑、钟爱、沉默、恐慌等诸种生命体验。诗人的情感内敛，不外露，生命中的哀愁与喜乐似乎都是淡淡的。这也正符合诗人走入人生之秋逐渐成熟而富有智慧的特质。与千年前庄子质疑自己是梦中变成了蝴蝶还是蝴蝶梦醒后变成了自己一样，诗人思索"我"与蝴蝶的魂有什么区别呢？在这种物我合一的诗化哲思引领下，所有琐碎的意象与情绪统一起来，共同发出的是对生命以及死亡问题的严肃思考。（丁航）

锯或者舞蹈　/ 庄伟杰［澳大利亚］

不断地锯。锯成锥的形状
重要的是，恰到妙处。譬如——
对一棵生长的树，锯掉所有的多余
精心修剪，进行强化
留存下最坚硬的主干和枝丫

灵魂的锥体，敏锐、晶锐、劲锐
可以竖着放、横着放、倒过来放
双手像抓住利器，反复琢磨
镶满了风吹活的词花
复活一束飘忽的往事或记忆
删繁就简的造型，就这样
舞蹈起来，仿佛心的搏动和颤音

白天的喧哗渐渐消隐之后
夜色和锥体一样变得尖锐无比
深入，洞悉，切剖，隐隐作痛
展开自我放逐，我要锯开自己
锯开这俗世中尚存的某种定式

（选自《新诗百年纪念典藏——全球华人百人诗选》，天涯文艺出版社 2018 年版）

　　题目《锯或者舞蹈》，一个独特的组合，会给读者留下一个悬念——这两者有着怎样的内在关联。头一诗节"不断地锯。锯成锥的形状/重要的是，恰到妙处。"可谓开门见山，直截了当。一个锯的动作，关键是"恰到妙处"。"锯掉所有的多余……留存下最坚硬的主干和枝丫"，表面是锯对树的修饰，实际暗喻灵魂的修炼。第二诗节"灵魂的锥体，敏锐、晶锐、劲锐/可以竖着放、横着放、倒过来放"，当灵魂修炼到一定高度和纯度，有如先贤"夫恬淡寂寞，虚无无为，此天地之平，而道德之质也"的理想。"删繁就简的造型，就这样/舞蹈起来，仿佛心的搏动和颤音"，意味着只有真正放下俗世的累赘，才能体悟到生命的本真和快乐，轻快的灵魂如风般自由起舞。后一诗节，笔锋一转，又回到了"锯"的过程，比喻自我修炼、剖析的过程。人性的复杂宛若人身体本身的机构，私欲和阴暗类似疾病或毒素一样如影随形，当人性的矛盾产生冲突时，就像如何举起手术刀切除腐肉恶瘤，这是一个会产生疼痛的过程。至此，诗人突然宕开一笔，"展开自我放逐，我要锯开自己/锯开这俗世中尚存的某种定式"。恰似洪波涌起，在起伏处戛然而止，或者说是点到为止，恰到妙处，旨在抒写诗人面对灵魂的探险和选择，追求一种超脱、飘逸、宁静的理想境界。全诗语言流畅、精练，由简入深搭建起事物之间灵魂内核的桥梁，阐述了一个深刻而又含蓄的哲学命题"放下、舍得"，十分耐人寻味。诗作虽短尤深，蕴含丰厚，意境深远，是一首不可多得的精品力作。也因此，此诗被收入多种重要诗歌选本，并发布于多个诗歌文学网站。(艳阳)

听德彪西的《月光》 / 彭惊宇

今夜，冉冉升起一轮银饰的明月
仿佛阿尔卑斯山脉那银灰色的雪光
映照着我的前额。准噶尔大地一派清辉

明月如饰，它无所凭依的高远
让我感到几分生疏，几分诧异与欢欣
朗朗明月，映照着山川，映照着人间
它亿万斯年往复天际的漫长轨迹，是静穆的
是演化序列上的鱼虫，在地质页岩喃喃低语

一声惋叹。犹如扁平灰蟒的旷野之路
一个茕茕孑立的人，眼眶里满是潮热的星辰

一声惋叹。乌鸫在月色里垂下歌唱的头颅
朦胧闪烁的思绪，牵引它滑向浅睡的梦境

松鼠从天山森林王国里一键键跳下去
迷人的花园呈现了，谁家妖媚的小情人
正急切切踏响楼梯，赶赴私密亭台的约会

也许是隐隐杂沓的马蹄，在遥遥月光下耕耘历史黑旌旗，暗人影，恍恍惚惚，看不见一丝烟尘……

来自银河的飞瀑，化作山涧涌荡的溪流
激溅而起的浪花像雪白的雏菊一路绽放
溪流滚滚汇成江河，江河滚滚汇成大海

轻风自在摇曳，有胡杨鸣萧萧，榆柳鸣沙沙
有芦苇鸣瑟瑟，不系之舟漂荡在粼粼波光之上

生者，梦见自己如长腿的蝌蚪在另一重世界晃动
逝者的血液，竟在追溯的时光中回旋成一道霓虹

心潮起伏。只是宁静的月光之门虚掩了它
心潮起伏。只是那爱情的休眠火山还在心中活着

玫瑰火焰暗淡了，甚至变成冷却的灰烬
这又有何妨。毕竟是，我们都玫瑰火焰过了

重现。一声惋叹，胜似春江花月夜
一代代人，在江畔月轮下变幻草木易秋的面孔

重现。一声惋叹，鸥鸟掠过月白风清的沧海
在人类的原始胎衣之上，不停地幽鸣……

（选自《诗选刊》2018 年 7 月上半月刊）

　　《听德彪西的〈月光〉》一诗，是新疆诗人彭惊宇的新诗佳作。他曾经说过，可以从西方哲学、绘画和音乐等方面找到中国新诗的崭新突破口。西方印象派音乐大师德彪西的《月光》和《大海》皆为经典之作，当诗人沉浸在此《月光》优美曲调中，展开自由联想，融入了个人的生命境遇和独特的听觉体验，运用诗意的语言，贴切、生动、旷远而又深邃地描绘出他心目中的《月光》。亿万斯年映照人间的月光，马蹄耕耘历史的月光，旷野之路的月光，天山森林王国的月光，"玫瑰火焰过了"的月光，等等，在诗人笔下都有新颖独到的呈现。整篇诗作如月光般绵延辐射，以长句式的律动铺排，显得浑然天成，清奇幽美，且充满着超现实主义的色彩和气息。（庄伟杰）

心 颤 /刘高贵

春来　总是时令向北　脚步向南
总是一过淮河
就能看见绿水青山

水是活水　总在低处流着
山是连山　它弯下腰去
给大路小路都留下足够的空间

一次次　我在这样的路上
故乡就在眼前

最先认出我的
肯定是田埂上晒太阳的荠菜
最先叫我名字的
肯定是白云里绣花的云燕

它们不叫大名
叫的是连我自己都快忘了的乳名
它们一叫
满地的春风就跟着边跑边喊

等到村口老槐树也喊了起来

我就忍不住一阵阵心颤

（选自《河南诗人》2018 年第 4 期）

导读

　　当原生成为诗人情绪流溢的出口，诗人对过往、经验、情感的刻画往往会超出物理逻辑的叠层，给人一种很结实的"叙述"结果。不经雕琢的原始属性的"动情"在竭力唤醒时间和空间。特别是地理确认，古今中外，凡文豪泰斗对故乡的情感齿痕最终都成为对其艺术识别的胎记。《心颤》一诗提到故乡风物、人情掌故，诗人在《乡土无恙》《寸草之心》《把桃花和杏花分开》等多部诗集里均有呈现。这是命里的故乡。淮河，中国名河，古四渎之一；豫南，拥楚风优雅，有江淮秀色，这就是诗人魂牵梦萦"心颤"的故里。"春来　总是时令向北　脚步向南/总是一过淮河/就能看见绿水青山"，一切都是真实的。工作在北方，在黄河边上，根生南方，淮水温润。"一次次　我在这样的路上/故乡就在眼前"，这是生命之水的交融汇集，既矛盾又自然，因此，水是活的，故乡也是活的。"最先认出我的/肯定是田埂上晒太阳的芥菜/最先叫我名字的/肯定是白云里绣花的云燕"明亮、暖调的过往，"它们不叫大名/叫的是连我自己都快忘了的乳名/它们一叫/满地的春风就跟着边跑边喊"。故乡流淌着，随着岁月一起，欢天喜地，而"等到村口老槐树也喊了起来/我就忍不住一阵阵心颤"，故乡已浸透诗人的整个灵魂。一个抓攫人心的持守，是以诗作为昭示。换句话说，就是诗人在用整个的生命抒写故乡，一切就像诗人故乡的芥菜、丝瓜花一样朴实自然，这种内心深处原生滋长的东西，向内、深邃，活化出生命的本质。当下各种样式的写法翻新不断，但是一种自觉、自在的"乡土诗人"的身份与现代性的多元景象并不冲突。自由、开阔，干净、利落的诗写适用于任何动心、动情地陈述。无设计的"技术"张扬，才是天然的、超乎寻常的个性存在。

（杨炳麟）

树不知道　　/ 孙方杰

树不知道
今天是几月几日，不知道
自己叫白桦，松柏，还是梧桐
它每天的日子，就是生长

树不知道
秋后砸来的北风，有多么凛冽
不知道叶子落在了沟壑，还是草丛
不知道鸟为什么飞来了，又飞走
不知道房子是干什么用的，不知道
炊烟有什么意义
它每天站在那里，无所谓
大风呼，还是小风吹

树不知道
不知道短暂与漫长，不知道星云与悲笑
不知道贫寒与富贵，不知道流年与虚度
不知道秋华与春愁
不知道山盟与海誓
不知道缕衣与霓裳
它站在那里，从不曾有一丝惊恐与哀伤

树不知道

我每天的咳嗽，有多么痛苦

我还有那么多的欲望与虚荣

我有妻子，儿子，和名字

我有生日，而害怕纪念

它气定神闲地站在那里，从不关心

股票，房价，也不关心风雨

只要不被砍伐，不被雷电击中

它就站在那里，只管生长

风在吹，树不知道风是从哪个方向来

树不知道过了一年还是两年

过了一秒还是两秒

它就站在那里，一个劲地生长

直到地老天荒

（选自《青岛文学》2018 年第 11 期）

导读

　　孙方杰的《树不知道》这首诗以树为意象，思绪从树发散开来，像一束光投射出去，以树的淡然与人的焦虑两相对照，各自平行又互不相交，为我们清晰地刻画出一幅思维导图，寥寥几笔揭示出现代人普遍的生存状态与心理诉求。一边是一直生长，一直站在那里，不曾有一丝惊恐与哀伤，一直生长到地老天荒的树；另一边是在时间、空间的双重框梏下，生存空间和心理空间受到极度挤压的本我、自我和超我。本我受到咳嗽的煎熬，还会生老病死。自我围于时间、名利、人心与星云、缕衣、霓裳、股票和房价等各种物质类的东西，一边受欲望与虚荣的煎熬，一边身负养护妻儿的家庭责任，一边心有望子成龙的期盼，一边还有一夕成名、衣锦还乡的虚幻梦想，所有这些在诗的一、二、三、四节都有体现。自我在这些求而不得的两难织成的网中困顿，关心自己的名字，关心今天几号，关心股票和房价，然而，自我的觉醒并未让人感到超然，而是痛苦。而作为参照物的树，能威胁它生存的却只有人的砍伐、雷电击中，它可以不在意风，不在意世界，与世无争，忽略时间和空间，最关键的是，它的自我没有觉醒，它只是它自己，一棵树，或者说即使自我已经觉醒，它也已做到了物我两忘，超然于世。树象征的是一种超越时空，超越自我，与世无争的理想状态。超我从某种意义上说也希望是一株树，和这棵自然界中的树一样，忘记那些令人焦虑的事物，只是单纯地活着、生长，不考虑以后，不考虑生老病死，不考虑今后的恶劣天气和季节转换。本诗立意深远，有深刻的时代烙印，书写当下，直击人心，却又能以旁观者的姿态在诗中给出了解决问题的答案，引发读者思考并且自己发现，这一点实在难能可贵。（秦坤）

路过你的秋天 / 白玛曲真

我也不知道为什么，随流云
就来到这里，空旷的大地上风很低沉
飞鸟，在遥远的天边沉默
突然想起你，在我背后的天空下停留
而我，竟然路过了你的秋天

没有来得及告诉你什么，疾风就来了
吹乱了长发，吹老了青春
一些与你有关的语言，显得多余
就如秋天的草叶，融入荒漠的大地
我和你，在自己的土地上
融入生活，只好把远方当作爱人

我路过你的秋天，季节萧瑟
优雅的云朵，正缓缓地飘过你的山坡
在一首牧歌里，独自离开羊群小道
有生之年，不要寻我踪迹
请在你的寂寞里，固守你的草原

（选自《绍兴诗刊》2017 年 8 月 17 日刊）

　　诗是心灵的翅膀，尤其这颗透明的诗心置身在高原，这本身就具有一种空灵的声音。"我也不知道为什么，随流云/就来到这里，空旷的大地上风很低沉/飞鸟，在遥远的天边沉默"。现代社会中的人们，生命在欲望中迁徙流动，而圣洁的故乡，会无声地流动在血液中，沉默在遥远的天边。"不要寻我踪迹/请在你的寂寞里，固守你的草原"。世界正在模糊生活地域的界限，而原始民族的基因，却会在你迷茫时发出灵魂的召唤。读白玛曲真的诗，会让人感到一种沉默的力量，岁月静好中，一种情致让人心态归于沉静。（尹汉胤）

老虎现身颤抖 / 高作余

毙命之际，老虎现身
它比漆黑还黑，比雪白还白
不像之前的任何一只老虎
倒像战败的君王　稀巴烂
不像一棵小草的呼吸，大于
整个草原的起伏

毙命之后，老虎现身
像黎明前的朝霞，让我们身陷其中
他独自一个，坐我对面
喝酒，喝酒，不发一言
像崩溃前的绝壁，像绝壁上怒放的野花

噢噢，老虎起身
带走三千里江山，他独自一个
这只孤独的老虎
像一座坍塌的巨大天坑

（选自《长安》2018 年第一卷）

　　世界孤独，老虎亦然。作为一种孤绝的存在，老虎已与我们距离遥远。作为奄奄一息的物种，它的强大无疑是牵强附会的，必然面临失败的命运。"比漆黑还黑"，像战败的君王，被对手打得稀巴烂，在浮华的尘世，它最终命运只能沦为人类的玩物。但这血腥的王者却拥有纯洁的精神世界。而他，独力抗拒无法抗拒的悲凉命运，坐在人类对立面，"喝酒，喝酒，不发一言"。即便崩溃，也要在绝壁上怒放一春，让鲜血喷薄为绚丽的朝霞。最后留下三千里江山与我们共饮，供人凭吊，绵绵不绝的悲凉一遍遍拷问着人类与它最后的家园。

（谢夷珊）

两片叶子 /乐 冰

一片衰老的叶子落在地上

另一片紧跟着落在它身旁

仿佛一对不离不弃的老夫妻

在它们的眼里

一切都是多余的

除了彼此靠得近些，再近一些

相互抚摸，听着彼此的心跳

爱到只剩下一副躯壳

这大自然的美让人惊异

也让人想到万物的静好

（选自《星星》诗刊 2017 年第 4 期上半月刊）

▷导读

　　该诗言简意赅。诗人用拟人的手法将两片落在地上的叶子，形容为"一对不离不弃的老夫妻"。可以肯定，这是一首爱情诗。我们可以联想，在物欲横流的今天，追寻内涵，追寻真、善、美，"爱到只剩下一副躯壳"，是一件多么令人向往的事情。在追逐爱的路上，诗人播撒爱的高贵和神圣，散发出唯美、浪漫的理想主义气息。（西洲）

参观道德村　　/彭　桐

参观已成借口
我们冲着你的名字而来
道德是骨子里不能缺失的营养

你刻在石头上的名字
是乡村成熟的果实
悬在村口　悬成一种诱惑

在村边的石栏一角
我们用手机竞相拍摄田野的景色
那两只摇尾的黄牛，像是帝王夫妻
独拥一片绿草宫殿
绿树清风蓝天白云，都成宫殿的装饰

我们把它们都当背景
仿佛这些才是珍贵的
又担心转瞬间会失去
还渴望转世就成牛郎牛女

我们不停地说笑，不停地拍照
把心捧给自然

把各自倩影和对道德的理解
装进没有灰尘的记忆

（选自《诗选刊》2018 年 1 月上半月刊）

导读

  该诗紧贴当下社会现实，是诗人处心积虑的一种心灵感悟。诗人一开始就点明了主题："参观已成借口/我们冲着你的名字而来/道德是骨子里不能缺失的营养"。诗人渴望"把心捧给自然/把各自倩影和对道德的理解/装进没有灰尘的记忆"，是一件多么富有意义的事情。整首诗表达了诗人不与世俗同流合污，真诚、热情地拥抱高尚的生活。诗的结尾，经过诗人心灵过滤之后得以升华。（乐冰）

练习死亡　/ 王立世

谁也不可阻挡

必须打开灯

提前练习死亡

我像练书法一样

模仿各种字体和碑帖

反反复复地练

小心翼翼地练

心惊胆战地练

草稿将我埋了半截

但哪一样都没有练好

落了个半途而废

我是一个胆小者

我是一个愚笨者

也是一个失败者

在世人的嘲笑中

苟且地活到现在

（选自《诗林》2017 年第 5 期）

这首诗写一个人真实的内心世界，写出了对死亡的嘲笑，还写了"我"生活的窘境，并以自嘲的口吻写了"我"的"苟活"。这首诗之所以引起注意，还在于他写了一个人对死亡的真实态度——的确，"死亡"是一个无法躲开的人类命题，在如何看待死亡上，每个人都有个人的理解与观点。王立世又是如何对待死亡？他把"死亡"看成一种生命的"练习"来对待，其中不乏乐观主义与浪漫之心，但诗人还是在严肃对待着人类所面临的"死亡"，作为一个"在世人的嘲笑中"活到现在的诗人，"小心翼翼"，几乎成为最为显著的生活特征，这不难理解。诗人，本身已经是弱势者，周围一直有着太多的挤压，嘲笑，只是其中的一种形式。但诗人真是一个"愚笨者"吗？肯定不是。诗人只是以现身的说法，通过自我调侃，通过自我嘲讽，以具体的存在，淋漓尽致地揭示一个龌龊世界的现行。（横竖天一宁）

童年的苍茫　/ 包容冰

刎苦苦菜的童年

山坡上长满打碗碗花

还有拇指头大的野菜瓜

每每想起

唯有饥饿是一块隐伏的伤疤

不敢触碰

我站在山梁上迎着大风呼喊——

喊裸着肩膀锄当归的父亲

喊跪伏在小麦地里拔草的母亲

喊给雏儿喂食的红嘴鸭

喊寻猪草的小伙伴，啥时候回家

累了饿了，一个人在苍茫的山野间睡去

蚂蚁爬进耳朵，企图落户安家

夜幕降临时分

踽踽回到黑灯瞎火的灶房

推开豁口的锅盖，苦苦菜拌汤微温

我悄悄擦干渗出眼眶的泪水

就着半门月光

咽下满腹的无奈和惆怅——

大人们累了早早睡去

我独坐黑黑的屋檐下怅望星空

多么想变成一颗星星，只有那里

也许才没有饥饿

夜夜游走在黑暗笼罩的头顶

（选自《中国诗人》2018 年第 1 期）

导读

　　包容冰诗歌具备一种定向记忆品质。文学的本质是记忆。记忆越向后展衍越是稀薄，但包容冰诗歌越向后记忆越丰富。在诗性思维的活跃中，一个记忆意象勾引出另一个记忆意象；甚至揭开了潜意识的盖子，无数休眠的记忆苏醒争先跳了出来。诗性思维本不失忆且能修复记忆的残缺。《童年的苍茫》这首记忆诗篇，诗人在回忆中，定向打捞起有关记忆——1960 年代及其多年的苦难疤痕：挨饿的童年，饿死的鬼魂，相册里的少年已成父亲。令人惊奇的是相册记忆的趋向，却是苦苦菜当家的热饭，借以回到挖苦苦菜的童年，呼喊着山野中挣扎的父母亲、小伙伴和"给雏儿喂食的红嘴鸭"；一个 1960 年代的孩子，在屋檐下寻找"没有饥饿"的星星。诗人用记忆整理出一个历史性空间，这空间是黑暗的，但有三十年前的月亮、星星照耀下来，叙事的朴实语言就把三十年前的记忆拽回到了这个空间。（呼岩鸾）

在你的臂弯　／陈映霞

让我安静卸下风尘
在你的臂弯，我遗忘了言辞

我不描述外面的世界
我不描述我们的爱情
你看，我洗去了胭脂
卸下了所有的武装
像个婴儿，手无寸铁

亲爱的，不要问我为什么
不要问我累不累
你多情的询问
将带来一湖的眼泪

泥泞的道路，野蛮的规则
给了我足够的痛楚
我用智慧为利剑
劈开荆棘。亲爱的
请接纳我真实的苍老
在你的臂弯，我连时光都扛不起了

（选自《佛山诗坛》2018 年第 3 期）

在诗人陈映霞的《在你的臂弯》里，用自己独有的维度，去创造出属于她的一个人的诗世界："让我安静卸下风尘/在你的臂弯，我遗忘了言辞"。诗一开篇，就直接地进入了场景式主题，以安静的心，洗去铅华，忘记了言辞，好好的"在你的臂弯"享受片刻。诗歌的好处，就是简洁精到，直抒胸臆。这一点，女诗人陈映霞做到了，并企图用自己的方式，引领我们快速地进入了诗场景，空间感很强大，很开阔。之后，这个独特的臂弯产生的"空间"磁场里，我们能做些什么呢？诗人跟着用诗回答了这个问题：在诗世界里，诗人只有在爱人的情怀里，才能以"手无寸铁"不设防地进入情感隐隐的状态，才可以达到婴儿般的纯净，没有胭脂，没有武装，只有赤诚。在有限的空间，无限地突出自己想要的东西，这就是一首诗带给我们的精彩所在。写诗就是在有限的空间里忘记了无限的时间。时间确实是所有人喜欢而又惧怕的东西，时间之痛让我们既害怕失去，又害怕得到，才有了诗。但写诗是可以疗伤的。写诗可以得到更多的爱和恐惧，可以天马行空飞到爱人的怀里，又可以被歧视被抛弃被撕碎……写诗是在我们平淡的人生"图片"上添上"文字"，是在惨淡的人生经历里为自己添上靓丽的一笔。（采墨）

简　单　/童天鉴日

一叶长长，一树立立，有人邮寄绿色和棕色的想念

从来北风飞掠麦田，拨响电线杆上的布谷声声

远处的羊群寻找着机会突破画面

仿佛世界从此并行不悖——我们曾经提起的画笔

有时候静得可以听见凡·高的梦

合上这一页，或者打开一扇门，重重叠叠的飞影

像蜜蜂一样保护蜂皇起舞：或许也是一种战战兢兢

白纸最白，海峡一衣带水，不远不近

（选自《绿风》2018 年第 5 期）

导读

　　《简单》这首诗有时候就像是一个纯净的梦。在线条细节的勾描当中，蕴含着对生活本真的追寻。本诗简洁明快，静动有序，不仅有"叶、树""想念"和"麦田"，而且也有"北风""布谷声声"和"蜂皇起舞"。同时，在空间视角上也逐渐拉开拉远，起先是要"突破画面"，之后"或者打开一扇门"，最后写到了"海峡一衣带水"。这些都是简单的事物，简单的情愫。作者把它们"简单"组合到一块儿，让诗意缓缓渗出。（王家琰）

九行诗 / 老房子

五月十九日，黧夜，怀春的猫

九只，初夏的小区是它们的暖床

交欢似乎是美妙的，但有十之八九的深呼吸被人们拒绝

一个人坐在九个书柜的写字桌前

试图用九根手指同时敲打青蛙的腮帮和蟋蟀的薄翅

留一根伤残的大拇指连续按九次回车键，节奏不分明

但统统九声一行。他要赶在天亮前

写一首九行的小诗，烟缸里

缥缈谐音的心绪，猫声正在撤离

（选自《诗刊》2018 年 5 月下半月刊）

导读

　　这是一首可以一读再读的诗。诗人以最写实的方式进入以后，把城市人与城市文明的冲突抽象出来，一个诗人的一首九行诗歌对抗一只野猫的叫春，写得惊心动魄。这首诗，有极高的技术含量，在不弄玄虚、不动声色、不修边幅的"大随性"中，写出了新型的城市与自然、城市与人之间无奈与无助细微里的精妙。（梁平）

对 雨 /赵目珍

长风过后。坐在阳台的门槛上，我坐等
一场夏雨的来临。准确一点说，我是在等待
时间背后一种训练有素的力量
习惯了在寂寥之后打破常规。喧闹突然死去
元知一切不过都是万事空谈

对着一场雨下落，就如同对着内部的
潮汐涌动，然后按时退去。隔壁有人言谈
我瞬间从中汲取出有限的能量
这里面夹杂着一个人的语言史，它完成了
滑稽的雷击。生活也被拨弄出癫狂的痕迹

面对一场雨，又有如面对一场盛大的宴席
必须用比较讲究的方式来进行处理
我试图寻找出这其中的界限，却无法预测到
无形的秩序。我是一个不善于削减的人
雨水流经不同的面孔，有人企图在错置中僭越它

（选自《诗刊》2018 年 7 月下半月刊）

赵目珍的诗没有陌生化的执着，某种程度上亦减弱了想象力的强度，他把写作的重心放在"言志"上，换言之，语言在诗歌内部的自足性不能取代诗人自己的言说欲望。他在写作中思考，形成"诗想"，或者依穆木天的说法是"用诗的思考法去思想"。纵使绝大部分声音来自他内在的音响，不免有柔软、敏感的一面，可从整体上看，比起"丰神情韵"，他的写作更偏向于"筋骨思理"。其诗自始至终保有其文雅、严肃的面貌，它们在思辨、说理的同时没有拒人于千里之外。《对雨》用大雨来勾勒一种心境，由此可径直联想到暴风疾雨清空了街道上的行人，各类喧嚣淹没在雨声之中的情景，也暗合宁静以致远的状态。（余文翰）

给亡灵自由，从容的死亡　　/成　果

太阳落地的瞬间，黑夜变得更加黑暗⋯⋯

——题记

黑夜降临，
一群鹰扇动着翅膀。
它们在大地上——
舞动着狂澜的英姿。

黑暗中的英姿像魔鬼——
变形的脸孔。
它们在黑色苍穹，
挥舞着冰冷的长矛大刀，
上帝说："它们要用手拧断自己的头颅！"

此时的夜晚，温暖的月亮，
成为人类唯一的信仰。
听，星星落地作响，
那是灵魂回升天堂⋯⋯

安息吧，我的良民，
那里没有什么恐惧的怪兽。

一切正如你们所梦见的：森林、天空

花草、鸟群和无所畏惧……

（选自《贵州年度诗歌精选·2017》）

导读

　　人们常说如果不哑，只有疯；如果不疯，只有死……但是死亡同样是一件艰难的事情，而要死得有尊严，死得宁静而从容，更是一种命运的奢侈……

　　是的，太阳落地的瞬间，黑暗变得更加黑暗，而麻木、庸俗、无序、荒谬、卑劣、无耻，更是一种深入骨髓的黑暗，此刻黑白颠倒，群魔乱舞，魔鬼穿上天使的盛装……

　　但是，诗人是清醒的，她知道"它们要用手拧断自己的头颅！"，诗人只有祈求"温暖的月亮，/成为人类唯一的信仰"，天堂没有怪兽，只有森林和花鸟……让死亡获得几许尊严，几许宁静与从容……

（南鸥）

和风一起赶路的老人 　/ 李志亮

我是和风一起赶路的老人

我的体内挂满了钟摆

挂满了命运的悬崖

七十年的沧桑

我是和风一起赶路的老人

我的身体像一张白纸

在空中飘移

仿佛鬼魂

它不如飞舞的彩蝶

那样引人注目

却如此轻盈、自由

（选自混语版《世界诗人》季刊总第 90 期 2018 年 5 月）

导读

　　诗人李志亮用传统的托物咏怀手法，来烘托自己的思想感情。看诗的第一节："我"与三种物体构成一幅画面。风，体内的钟摆，命运的悬崖，构成了秋风岁月图。诗人走过了不平凡的七十年沧桑，峥嵘岁月。

再看诗的第二节。"我"与一张白纸，空中飘移，鬼魂，同样构成了生活中的画面。蓦地，我们明显感觉到一种时代脉搏。"我"有一种独立的人格，一种对生活的美的追求。诗人用对比手法如：它不如飞舞的彩蝶/那样引人注目/却如此轻盈、自由。达到明显的艺术效果。

李志亮把抒情主体情绪，与象征的客观物境融为一体，和谐统一，达到象征意境的烘托，是不可多得的佳作。(石英)

一只鸟在天空叫了一声 / 胡 平

一只鸟在天空叫了一声

只叫了一声

就朝天空深处，飞去

在鸟声坠落的地方

几个小孩坐在地上

他们停下手中正在玩耍的泥巴

抬起头，朝天空望了一眼

只望了一眼

他们就不明所以地低下了头

若干年后，我想起这一幕

我想起，我曾是几个小孩中的一个

曾被那突如其来的鸟叫声

所惊动，并为此陷入到深深的纯净中

（选自《山东文学》2018 年第 7 期）

导读

　　我们在读诗或者写诗的时候，首先都得感受诗歌之美，而感受诗歌之美最关键的是要有美学修养，培养美的概念和审美心态。平时我们所看到的日常自然景物，它本身无所谓美与不美。如果要让它们成为美的东西，必须通过人的审美活动，必须要人的意识去发现它，去唤醒它，去点亮它。一只鸟在天空叫了一声，这本是一个司空见惯的场景，通过诗人意识的发现、唤醒和点亮，使之变成了一个感性的世界，一种渗入了诗人个性思想和情感的世界。——即在一个回望往昔的虚拟时空里，是那一声不可遗忘的鸟鸣，唤醒了诗人沉睡的内心。

我们不得不承认，在生活沉沉的夜色中，那一点光明一样的鸟鸣，恰如佛教禅宗里所强调的"顿悟"一样，在唤醒诗人内心的同时，也在一瞬间准确地击中了我们的心灵。因为那存在于人间但又确实脱离了人间烟火的"声音"，在我们每个人的内心深处，原本就是埋藏着的，只是缺少那一声鸣叫，来将其唤醒。

此诗通过对童年的回忆，营造出了一种融空明之境与宁静之美为一体的空灵境界，对时光的流逝和生命的神奇作了美学和哲学的阐释。特别是最后一句玄妙入心，引人产生共鸣。此诗的纯净度几乎可以和美国诗人沃伦的《世事沧桑话鸣鸟》媲美。（石头）

凉山遇海棠 /凸 凹

从海棠关到海棠镇：军士解甲，
将官归田，时光被一朵鸟鸣卷苞又
打散。你看，所有的城门都退了回去，
从纸手铐一直退到古木枷，退到
森林走出森林，为一匹失主的马赎身。
只有北城门，还在用石头的独眼
观察藿麻护卫的字骨，观察
蒋半城的故事，翼王，以及那位
叫丁氏的太平军女兵的传奇。
至于尔苏这个词，这支独处一方的
行迹，早已被非尔苏的语法解开。
你看，这小小的地方，放得下
全人类的星空、厉风，放得下一千尊佛
——只是一千尊佛也做不完的佛事
堪比一树海棠的到来、出入，堪比
雪山对岸那解语花回眸一笑的秘密……

（选自《诗刊》2018 年 3 月下半月刊）

诗的素材取自诗人的旅行。但这首诗却并非我们早已司空见惯的那类记游诗：随手收集一些古代记忆的吉光片羽，再勾兑一些现代人的小哲理，将感官印象落实到既定的文化意象上，一首诗就可以收工了。这首诗的卓越之处，在于诗人将抚今追古的漫漫思绪锻造成了一种尖锐的历史洞察力，通过对历史事件和历史掌故的罗列，像老练的渔夫在特定的时刻收网一样，慢慢将诗人的眼光集中为一种清醒的存在意识：剥离掉存在的表象，直指生存的秘密："一千尊佛也做不完的佛事/堪比一树海棠的到来、出入"。人类历史上尖锐的纷争，倘若放到千年回眸这样的尺度里去掂量的话，曾经被狠狠重击，其实，都还没有抵达深山中一树海棠展现出的自在。这首诗中，诗人调动的线索众多，但却非常有效地避免了意图的枝节横生；诗的主题依然呈现得强而有力：对历史的观感最终升华为对存在本身的沉思。（臧棣）

碰　瓷　/野　鬼

历史自己
跑到历史的车轮下
哎呀！
一声惊叫

那不过是尔等的臆想

(选自混语版《世界诗人》季刊总第 92 期 2018 年 11 月)

导读

　　这是一首不可多得的充满悖论的力作，主旨简单而复杂，语言浅显而深邃。

　　"历史自己/跑到历史的车轮下"，她要干什么？——碰瓷，这的确是一个匪夷所思的、令人惊诧的真实场景，但"历史"意欲何为？

　　从古至今，多少"丰功伟绩"，在所谓的"历史"中，也不过是一笔带过，而更多的微小的细节或镜头，对于个人、家庭，乃至一个国家，都有着决定性甚至毁灭性的影响，却无端消逝于"历史"的背面，这便是"历史"的残酷，也是此诗的复杂所在。"哎呀！/一声惊叫"，似乎要唤起沉睡的灵魂，然而，"那不过是尔等的臆想"。

《碰瓷》，短短五行，却穿透了"历史"的"真相"（历史何尝不是一个碰瓷者），而文字又是如此浅显，可谓张力十足、意味深长。

（张卓阅）

是敬畏，是爱 　/苏 黎

在去敦煌的列车上
在苍茫的戈壁滩上
夕阳，是大漠上空的一面锣
正被寂寥敲响

远处，沙梁上走着一队骆驼
高昂着头颅，驮着晚霞
迈着沉稳的步履
像是被夕光绣上去的

前面是一条弯弯曲曲的小河
一闪一闪，淌着细碎的白银
一直弯进了大漠深处
汇入天际，流成苍茫

我的身旁坐着我的爱人梁积林
我激动不已，想和他说点什么
他一句话都不说，只是
用他的大手把我的小手攥得更紧了

他不说话，一直透过车窗向远瞭望

我是从他的眼中读到的：

是敬畏，是爱

是一种责任和担当

（选自《中国诗歌》2018 年第 1 卷）

导读

  我记得有一位名家说过"将生活的情感上升为艺术的情感，是件不易的事"。作者正是把生活中的点点滴滴细微的情感，汇集成艺术的江河、洪流，瞬间迸发出来。《是敬畏，是爱》这首诗看上去似乎是作者娓娓道来，西北的沙漠、铜锣一样的夕阳、弯弯曲曲的小河、晚霞中缓缓前行的骆驼，其实她将人生和那匹负重远行的骆驼紧紧联系了起来，人生又何尝不是一次负重的远行呢？你没有来过敦煌，你就不会知道戈壁、沙漠意味着什么；你没有去过沙漠，你就不会知道在那里生活着的人们是多么的不易。当你乘火车、乘飞机，去敦煌、去新疆的时候，你会被西部的辽阔和苍茫，被一队沙漠中独行的骆驼打动的，心灵同样会瞬间震颤的，你会感动于人和骆驼一样具有担当和吃苦耐劳的精神，永远不会向生活低头。是敬畏，是爱。这就是作者对生活的态度。（东西）

舌尖上的月光　　/ 幽林石子

月亮不曾生根

被吹圆后，又吹缺

缺后再圆，如此反复

今夜，它摸着酸痛的腰身

一路往前赶

竟跌倒在我茶杯里

清澈的念想

让茶生起一层涟漪

我抿一小口

舌尖上的月光

有一点点甜

（选自《风雅》2018 年第 1 期）

> ## 导读

　　月亮圆而又缺，缺而又圆，这本是一个自然现象，但在诗人的眼里，却有别样的意味。当我们仰望天上的月亮，可能会想起一些远方的人和事，那就是我们心里的念想。月圆月缺，有不同的意义，对应人们不同的心理状态。此诗写看到天上的弯月，"摸着酸痛的腰身/一路往前赶"，却跌倒在诗人的茶杯里。由天上到地下，空间突然转换，原来地上有一个不眠人在仰望天上的弯月。诗人的心里有所念想，她轻抿一小口茶水，竟觉得茶水"有一点点甜"。这显然有违常理，但作为一种心理描写，却不失为一个妙想。这大概就是诗歌的逻辑。也可以说，这是通感手法的运用，把视觉转化为味觉。月色可以品尝，茶水可以变甜，实际上是一种心理作用。写诗不可完全写实，而要虚实结合，诗贵含蓄，实际上也就是虚实结合的妙用。（吴投文）

雪 蝶 /紫 影

在丽江

感觉琥珀的游走

影子倾倒在水纹里流失

倘若沿空投下一枚硬币后，池井盛开白花

看一些雪蝶在阳光下飞舞

风，停留在彼岸发呆

隔一条河的他啊！就与我擦肩

（选自美国《休斯敦诗苑》2018 年 2 月）

导读

　　紫影诗歌所表达的至真至纯至性的情感，给了我们一个别样的紫色世界，这是能带给我们感官刺激和享受的，关乎视觉的色彩美。紫影诗歌就是色彩的诗歌，其间紫色徜徉，紫气氤氲，让我们流连而无法脱逃。（杨平）

一念，究竟多远 / 宗德宏

晨点一炷香
不去庙宇不去寺院
让烟雾缭绕不散
一点点的圆
在卧室和心房间

与善同行
不与恶结伴
善恶有果
因为苍天有眼
天上，悬着剑

如果心已被污染
即便许愿
也是枉然
磕多少个头
依旧不安

一念，究竟多远
去问灯盏

（选自《诗歌点亮生活》，作家出版社 2018 年 7 月）

　　这是一首带有说理意味的诗。这样的诗并不好写，弄不好容易直白干枯、索然无味。此诗作者显然较好地把握了其中的分寸，既能够以经过提炼的语言去阐明个体修行重在修心的事理，同时又能够让事理依附于具体事象和物象（如"晨点一炷香""天上，悬着剑""磕多少个头""灯盏"等），从而让理与象在诗中实现了较大程度的融合。

　　从结构层次上看，诗的第一节从事象入手，点明虔诚的修炼不一定要去寺院；中间两节偏于说理，但仍然有形象；最后一节于反思性的一问（同时照应了诗题）之后，结束于"灯盏"这一意象，既干净利落，又蕴藉深厚。诗写得并不复杂，其语言的简洁也是值得称道的。（杨志学）

莲 /梁 玲

秋天来了
莲便剩下了残缺的那些

一些莲子已逃之夭夭
褐色的莲身遍布干瘪的眼

我喜欢一朵秋天的寂寞的莲
她们孕育过的整个春天现在深陷水中
她们即将归去的田园此刻坠入我的梦中

（选自《白诗歌》2018 年 12 月）

导读

当盛大时节过去，女性的"莲"是何种情态？曾经的丰稔和甘美成为旧梦，褐色、干枯的本体上，莲子早已脱壳而走，"残缺"确为当下常态。而母亲的悲凉和骄傲，绝非"留得残荷听雨声"的宁静淡泊，也迥异于"芳心入梦待明春"的简单憧憬，诗人梁玲寻求的是"即将归去的田园"与"我的梦"相互交叠的深深欣慰。"她们孕育过的整个春天"之句将全诗提至开阔之境，个人化的莲瞬间获得了整体性，在形而上的标高上再升一层。（杨章池）

时　差 / 吉祥女巫

1

世间所有"时差"
都是为迎候而备下

命运总是不紧不忙
在各种间隙里
埋下诸多含混不清的线索
等待意识复旧的人，前去追寻

而我，注定只会远离任何尝试
只热衷于久别及重逢……

2

一切都变得有些失真
灯影，镜像，空杯，书本……

若有若无的嘀嗒声
从无限处来，又到未知处去

仿佛逃躲，也仿佛追随

"时差"忽而变得极其隐含
悬浮许久的记忆
似乎又找到了，新的附着物……

3

仿佛是一把密匙
时间的落差
唯苦涩和冰冷方可消解

在一杯咖啡里
继续，小心地藏起那个
始终躲闪的字眼
几回回刻意着，要与眼泪为敌

比起世间所谓的仇怨
那些面对面时的想念
才更像是，鲠在喉中的骨头……

（选自《中国女诗人诗选》2017 年）

导读

　　这首诗让我想到一个问题：想要时光倒流，想要回去，想要留住最美好的瞬间，女人们会怎样赋形于诗？恐怕更多的，会沉溺于缅怀或感伤。如此，不管写得怎样优美、如何哀怨，都可能落入同质化的窠臼。吉祥女巫选择一个较为刁钻的角度，用智性代替抒情，整首诗的质地就变得柔韧而有嚼劲了。这是诗人不显山不露水的心灵之语。

（雪克）

地 铁 / 宗焕平

我居住的小区
紧邻地铁车站
每当有地铁穿城而过
我就觉得世界要被毁灭似的

特别是深夜
那声音清脆，刺耳
无论我多么辗转反侧
也无法读完一篇完整的小说
这城市一天比一天肥硕

臃肿、饥渴
我真担心有一天
一些人会挤不上那趟最后的列车

挤上车的人
也会在车轮与轨道的撞击声中
愈加惊恐
不知道中途会发生什么事情

甚至，有些人会担心

列车将奔向寒风凛冽的郊野

在那里他们将被再次洗劫

然后，两手空空回城打工

还有一些人

惊魂未定

上了车，又下来

一直在站台徘徊

这个冬夜

我这么想着，想着

感觉整幢楼

突然变成了开始启动的地铁列车

（选自《诗歌点亮生活》，作家出版社 2018 年 7 月）

导读

　　地铁在改变着都市及都市人的生活。而生活在都市里的人，一方面欣然接纳了地铁；另一方面，有时也会莫名生出一些复杂的情绪。

　　此诗表达了敏感的诗人对现代化大城市中一种重要交通工具——地铁的惊恐感。作者把人的直觉和一些想象性场景交织在一起，好像把我们一下子带到了地铁列车的现场，去一同感受、倾听，去思考人的存在。现代人的生活越来越便捷了，但各种不确定的、意外的因素却也越来越多了。诗的结尾，诗人又以幻觉形式放大人的惊恐感，显得更加意味深长。

　　这是一首现实感很强的诗，但作者偏重于心理揭示的表现形式，又使之具有强烈的现代意识。（杨志学）

列车向一个终点驶去　/粒　粒

深夜里列车向一个

终点驶去　有雷鸣闪现

空气中仿佛存在一种信号

暗示着恐慌　我紧靠椅背坐着

翻看一本书　庄园里

康妮和她的情人邂逅

使我谨慎阅读的

我想我看见庄园的月光

打在了列车的玻璃上

沉寂中从人的腹部

我看见了生命的雏形

婴儿朝我微笑

大提琴在我体内奏响

像狂躁的鼓点在烈火之间

强力的捶打　灼烧

而我被迫啜饮这来自黑暗的

孤独力量　一种不属于我的渴望

疯狂中谁知道我的灵魂

月光颤抖着　黎明类似

一头猛兽躲在安静的回廊里

继续未完成的生活

（选自《草堂》2018 年第 8 期）

导读

　　如果我没读错的话，这是一首有关阅读体验的诗。开篇的烘托很有气氛也很有力度，在一列不知前往何方的列车上，一个人沉入阅读并且产生了幻异的阅读体验，进而在列车前行中获得了心灵和阅读上的双重升华。诗人很善于营造气氛和制造张力十足的金句，仿佛有了灵视力，仿佛灵魂出窍……本诗题目饱含隐喻，既可以解为阅读，也可以解为人生，是一首很有冲击力的诗歌。（董辑）

静　物　/王祥康

一串葡萄坐在空气里

安静　宽容　清醒

不动声色的表皮下

汹涌的汁流着自己的忧伤

阳光透过厨房的玻璃

打在餐桌上

一串昨天的葡萄让生活有些皱

她坐在一阵风里

想远方　想他的目光沿着藤蔓

正结出紫色的葡萄

因为远和静

有人忘记藏起时间的阴影

（选自《中学生报·青年文艺》2017 年 1 月 2 日）

导读

诗人王祥康常用极细致的眼光盯着生活细节，如评者所言："有时一个细节便足以成为整首诗的核心、诗眼，其作用胜过千言万语。"《静物》正是以细节描绘的成功而成就一首较为独特的诗，一首"质朴与奇诡"的诗。"一串葡萄坐在空气里/安静　宽容　清醒/不动声色的表皮下/汹涌的汁流着自己的忧伤"。这细节已经较细了，但王祥康意犹未尽，继续描绘"阳光透过厨房的玻璃/打在餐桌上/一串昨天的葡萄让生活有些皱"。于是，这葡萄静物呈现眼前，真是"质朴与奇诡"的意象了，质朴到让生活质感毕现，奇诡到"让生活有些皱"。然后，诗人在"生活皱褶"中引入时光、生命的思考与启悟，使这有些皱的葡萄仍鲜活着"滋味万千"，鲜活着诗情禅意。（少木森）

夜 /杨 强

安静的才是夜

你说

等下雪的夜晚，你和我一起赏雪

白茫茫的一片

就你和我两个人，似乎人间就只有我们两个

牵手是最温暖的事

就这样牵着，突然就有了天荒地老的感觉

灯火，是人间的

亲爱的

你我是连在一起的灯火。彼此照亮

（选自《诗刊》2018 年 2 月上半月刊）

导读

　　我读过杨强很多写夜晚的诗歌，这首是我比较喜欢的。本诗所描写的场景，应该是每一个人期盼的，或者梦想的——在一个大雪纷飞的夜晚，和爱的人一起走过街道，走过公园，再来到一个像西湖一样的湖边，看风吹着雪在冰面上一波一波涌来，想起大海，看雪花在霓虹灯下飘舞，再把两个人的手掌压在台阶的雪上，还是牵手的样子……最重要的一点是这首诗歌的最后道出了爱情的真谛：相爱的人就是两盏温暖的灯火，彼此照亮，携手前行。（秋红）

一　步 /夏文成

有些事，快一步不行
慢一步也不行。有些事需要借一步说
而有些事则需要退一步

林冲不知道退一步，舍不得将漂亮的娘子
拱手于高衙内，把自己逼上了梁山
落草为寇。他其实太憨
他愣是弄不明白，漂亮的娘子遍地都是
八十万禁军教头，只有一个

宋江倒是想退一步，但一回头
哪还有退路。前有梁山，后是水泊
朝廷路远。江湖，埋伏着刀枪和暗器

（选自《火花》2018 年第 4 期）

> **导读**

　　夏文成的诗歌有着强烈的现实关切和深切的悲悯情怀，有着新现
实主义显著特征。大地上的一草一木、一虫一蚁，一人一物都能触动

他的诗的敏感神经。尤其他的大量关于社会底层的诗作，读来更是让人为之动容，感同身受。

《一步》则是一首别开生面的诗作。寻常而又不同寻常的题目，起初让人摸不着头脑，但细读之下，你才能真正体会到诗人别有用意。平平常常的一步路，对于寻常人或寻常时刻来说并无特别之处，多一步，少一步，没什么了不起。但在某些关键时刻，或特定场合，则有着不同寻常的特殊意味。特别是作者将这一步放到了《水浒》里，放到了梁山泊的特定人物身上，则更让人浮想联翩，掩卷深思。人生，是一个谁也躲不掉的江湖，一个不小心，你可能将进退无路。这是《一步》给我们的启示之一。（赖廷阶）

暮年寄语 /亘亘

不能写诗了，余生都用来忏悔。愧对父母
他们该是长眠于南山的坟场，只有到了清明，用一碗酒
把他们都请到堂屋里来，下跪，请他们
食用竹林寨种植的粮食、蔬菜和瓜果。告诉他们
这些是私藏的富贵之物

不能喝酒抽烟了，整个身体都像老屋那道千疮百孔的墙
随时可能坍塌。朋友的问候已经没有那么重要
陈润生、宾歌、量山、李建新、张建新、陈克、宫白云姐姐
樱、落雪、大棉袄、小敏、呆呆……
我们也不再彼此祝福和问候，只有诗集一起躺在床头柜上
偶尔翻看，回忆往事，泪水全无

以前不敢做的事，准备尽量做，其中最重要的一件是：
我希望我爱的和爱我的那些女人，先我而去
这样我便可以牵着小黑一一去拜访她们的墓地
烧几张纸，表达我对她们的思念之情。小黑呢
站在一边，汪汪地叫

（选自《酒城新报》副刊 2017 年 11 月 17 日）

　　一首好诗必定是耐读且能打动读者的内心世界。所谓耐读就是诗的语言具有神性的光芒，自然朴实且富有张力。读亘亘的这首《暮年寄语》，令人心情久久难以平静，让我看到一个诗人的真实情感，不掩饰、不造作，将自己的暮年之境裸露在世人面前。

　　人届暮年，诗人首先想到的是写给养育之恩的父母。"愧对父母/他们该是长眠于南山的坟场，只有到了清明，用一碗酒/把他们都请到堂屋里来，下跪，请他们/食用竹林寨种植的粮食、蔬菜和瓜果。"读到这，相信读者不禁潸然泪下！诗人叙事的语言中饱含着浓烈的思念情感，一个"下跪"，写尽了一个人子的孝道。

　　英国作家格林厄姆·格林说过："写作是由不得我的事。好比我长了一个疖子，不等疖子熟，就非得把脓挤出来不可。"诗人的创作潜能，在丰富的日常生活中被激发出来。(伊夫)

An Introduction to Contemporary
Chinese Poetry 2017—2018

第三部分

网上诗经

余德水　绘画

让我们回到三岁吧　/ 傅天琳

让我们回到三岁吧
回到三岁的小牙齿去
那是大地的第一茬新米
语言洁白，粒粒清香

回到三岁的小脚丫去
那是最细嫩的历史
印满多汁的红樱桃

三岁的翅膀在天上飞啊飞
还没有完全变为双臂
三岁的肉肉有股神秘的芳香
还没有完全由花朵变为人

一只布熊有了三岁的崇拜
就能独自走过百亩大森林
昨夜被大雪压断的树枝
有了三岁的愿望就能重回树上

用三岁的笑声去融化冰墙
用三岁的眼泪去提炼纯度最高的水晶

我们这些锈迹斑斑的大人

真该把全身的水都拧出来

放到三岁去过滤一次

（选自《诗坛周刊》第 33 期 2018 年 9 月 28 日）

导读

　　经历过人生，经历过内心与世界的对接，诗人用美好的眼光审视着我们正在经历的现实，《让我们回到三岁吧》，就这个题目，一瞬间就会触动千万人的内心，我可以肯定地说，在我们内心深处，无数的人都会自觉或者不自觉地发出过这样的喟叹，多想回到那些岁月，多想把那些世间最干净最美好的记忆化为笔下最动人的诗，那是我们"最细嫩的历史"，那是我们在不带一点杂质的美好中才能享受到的爱与被爱，我们可以"用三岁的笑声去融化冰墙/用三岁的眼泪去提炼纯度最高的水晶"，如果诗人内心不涌动着这般真挚的爱的情感，如果诗人内心掺杂了太多世俗与虚假，怎么可能发出"我们这些锈迹斑斑的大人/真该把全身的水都拧出来/放到三岁去过滤一次"这样的声音，这是一种虽然轻柔，但却会震撼我们灵魂的声音！（何春笋）

访问梦境的故人 　/ 赵丽宏

一

离开人世二十多年的父亲
突然出现在我的梦中
没有预约，没有敲门
安静地站在我的面前
脸上还是含着当年的微笑
只是目光有一点凝重
我惊奇得大声呼叫
嘴里却发不出任何声音
我向父亲伸出双臂
他却微笑着退后

在我的记忆里
没有父亲的怒容
即便是哀愁和忧伤
也温和得像一抹轻云
谁说梦境和现实相悖
访问梦境的父亲
和生前一样笑着看我

我希望这梦境定格

窗外一声车笛长鸣

无情地把我惊醒

二

我从不害怕

死者成为我梦境的访客

他们常常不请自来

让我一时分不清

生和死的界限

只是很难和他们说话

也无法和他们交往

就像无声的黑白电影

在冥冥之中播放

白天苦苦思念的故人

梦中却难得看见他们

晚上入睡前默祷

来吧，来访问我的梦境

我想见见你们

梦中的门吱呀一声打开

进来的却是我不认识的人

有的甚至从未谋面

其中有书中遇到的人物

也有只听说名字的陌生人

也有长衫飘拂的古人

也有西装革履的外国人

三

一天晚上，长梦不醒
前半程朦胧混沌如在雾里
后半程清晰明白如在月光下
一个只穿着裤衩的男孩
大睁着黑亮的眼睛
迎面向我走过来
瘦骨嶙峋的身体荧光闪烁
头顶上盘旋着一群飞虫
像牵着一只嗡嗡叫的风筝
他走过我身边侧目而望
黑眼睛里
滚出两滴晶亮的泪珠
他颤动的嘴唇分明在问
你，是不是还认识我

我认识你，我认识你
记忆在梦中也会被唤醒
那是梦中的梦
是飞越时空的真实
又回到那个童年的夏日
你静静地躺在河岸的水洼中
河水刚刚吞噬你年幼的生命
午后斜阳照着你赤裸的身体
你的年龄和我相仿
却让我第一次见识了死亡
死神在水中随手把你带走

把你变成一具无人认领的尸体

在阳光下，被人围观

一只苍蝇停在你的睫毛上

你却不眨一眨眼睛

四

梦究竟是什么

是人生的另一条轨道

是生命的另一个舞台

是现实变形的幻觉

是缥缈的灵光一现

是神秘的暗示

是命运的预演

是先人的咒语

是未来的试探

还是生和死在夜幕中

撞击出稍纵即逝的闪电

我也曾经梦见过死神

那是一个面目不清的阴影

在幽暗中抛撒着一张黑色大网

那是混混沌沌中一个亮点

在遥远的地方闪闪烁烁

那是一片开满罂粟的花园

奢侈地飘荡着艳丽的异香

那是一只长着长长指甲的手

突然在你的面前招摇

那是一辆飞驰的马车

载着你冲下无底深渊

（选自中国诗歌网 2017 年 9 月 13 日）

导读

　　赵丽宏在其最新诗集《疼痛》里一改以往的风格，而代之以新的笔法：时空跳跃、意识流动和梦幻呈现。《访问梦境的故人》一诗便表现得非常典型。

　　首先，这首诗采取了梦幻呈现的方式，其中包括时空交错。这种手法也叫"幻化"或"叠映"。幻化是一种超现实变异，具体分为幻觉、幻想和梦幻三种图式。这首诗的呈现显然主要是梦幻图式。它是现实与梦境的迭现，是生者与死者的重逢，从不同层面和多向维度表达着对生命的思考以及对潜意识的发掘。

　　其次，在结构上，此诗运用了四部曲的映现方式，其结构形式是：A1＋B1＋A2＋B2。其中 A1、A2 是梦的个案——两个不同的梦，和梦里出现的两个不同的访问者；而 B1、B2 则是个案基础上的概括提取，是从普遍意义上对梦境所做的反思。

　　第三，对梦境及访问梦境的故人，诗人善于抓取人物特点和细节，做出逼真而细腻的描绘。如在梦境 A1 中，访问者是"我"的"离开人世二十多年的父亲"，诗人抓住父亲那永远的"微笑"，以及从来没有对"我"发过怒的特点，把一个和蔼、亲切、慈祥、善良的父亲刻画得栩栩如生，宛在目前。

　　第四，诗的最后一节即全诗的 B2 部分，诗人的表达非常独特，也非常有分量。这一节前半，诗人先用排比和隐喻对"梦究竟是什么"做了一番精辟的勘测；后半部分则以"梦见死神"的梦幻呈现结束全篇。这里的梦幻呈现采用了五个排比句式，它们全是意象化的场景，显示了作者丰沛的想象力。同时，以这样的方式结束全篇，又给人以戛然而止、余味不尽的感觉。（杨志学）

别惊动那个词　/ 谢克强

别惊动那个词　千万
它肯定是疲惫不堪　才睡的

年少的时候
这个词　这个惊心动魄的词
以它丰富而深刻的内核　让我
一见倾心激动不已

从那时起　多少年过去了
我常常在报纸上见到它
有时在红头文件里见到它
甚至在一些歌词诗行中见到它
更不要说在书里

许是为了引人注目
它也乐于被人反复利用
扮演重要角色当然兴奋不已
纵是摆在偏安一隅的角落
它也乐此不疲

真不敢惊动那个词

（那些使用过它的人

已经很小心翼翼了）

我怕惊醒它跑进我的诗里

平庸了我的诗

因为诗人在挑遣词时　总想

挑个新奇而富于张力的词

（选自作者新浪博客）

导读

　　这是一首关于生活奥秘的诗，也是一首有关诗歌美学的诗。语言是存在的家园，语言是生命的证词，语言关联着我们日常生活的丝丝缕缕、点点滴滴。这首诗以"词语"为聚焦点，从对某个特别"词语"的言说，延伸到关于生活的观察、思考以及关于诗歌创作内在机理等事项上来。"别惊动那个词"，诗人此中要向我们表明的这个渐已沉睡的词语到底是指什么呢？诗中并没有明说，而是留给我们去揣测和想象。也许不同的读者臆想到的是不同的词语，但不管人们想到的是哪个词语，它都应具有如此的品性：因长期使用而出现了语意的亏空，因司空见惯而透射着审美疲劳，难以唤起人们的新鲜之感。这类曾被过度消费的词语，其日渐显明的陈腐化和消义化征象，一定意义上强化了我们对于生活的倦怠情绪，消磨了我们的青春、热血和斗志。生活需要保鲜，人生才能不断迈向高远，基于此，对这类惯用之词的警惕和慎用，自然构成了提升生活品质的要诀。与此同时，以陌生化追求为审美旨归的新诗创作，对词语的使用也格外讲究，"因为诗人在挑遣词时　总想/挑个新奇而富于张力的词"，这是诗歌创作的要领所致，也是艺术创新的内在奥秘使然。唯其如此，以张力充盈的词语来构建诗意世界，才会让短小的诗章得以出新、出妙、出美。用一个词来折射对生活和艺术的洞察，这首诗由此显现出了诗人"大处着眼，小处落墨"的艺术表达功力。（张德明）

林　中 /沈　苇

落叶铺了一地
几声鸟鸣挂在树梢

一匹马站在阴影里，四蹄深陷寂静
而血管里仍是火在奔跑

风的斧子变得锋利，猛地砍了过来
一棵树的战栗迅速传遍整座林子

光线悄悄移走，熄灭一地金黄
紧接着，关闭天空的蓝

大地无言，雪就要落下来。此时此刻
没有一种忧伤比得上万物的克制和忍耐

（选自微信公众号"遇见好诗歌"2018 年 11 月 16 日）

导读

沈苇是一个具有深刻的生存之悲哀感的人，这正是他的诗值得我们信赖的根源。对诗人来说，生存环境提供了显现悲哀与孤寂的感受，生存环境显现了它，但仍然是生存环境，尤其是自然环境又安慰了它。如果关于孤寂的感叹是主体的声音，随之而来的嘲讽就已经是来自夜的嘴和"星光的牙"，嘲讽或者安慰来自于更加寂寥的自然空间。"夜只是呈现，放弃了徒劳的表达"，我们可以这样来理解沈苇诗中的西域地理：它就是显现，一切的呈现，并且把人的一切问题显现在这一环境之中。自我或人的问题在这一天平上或许失去分量，或许转向存在的另一侧。沈苇在他的诗篇中建构了一种去中心化的自我或者非中心的主体，显现了大自然对人类谬误的忍耐、克制和宽恕。在人与自然的关系中，诗人表达了对人自身弱点的嘲讽和谅解，而诗人在替人类请求谅解并且承担着自我批评的职责。《林中》以更静观的方式再现了这一主题。这首诗如同一幅风格化的静物画，然而显示着世界暗中的生机，这生机不是勃发而是内敛的，它所用的动词也是内敛而简洁的："几声鸟鸣挂在树梢"，马的"四蹄深陷寂静"，以及"熄灭""关闭""砍""落"等显示着大自然克制与忍耐的力量，诗本身的修辞也显示着这种内聚与克制。它是沈苇诗学精髓的一次接近完美的展现。诗人不再像部分作品中那样倾诉自己，在世界自身显现时，诗人在替一个自然世界自身立言。西域地貌与季节上的这些隐忍特性几乎具有了道德的寓意。然而这道德寓意仍然是启示而非训诫性的。如同天地四时所施与的一种无言之教，诗人心领身受。

（耿占春）

青莲国际诗歌小镇　/ 韩庆成

铜板味重

人造点多

可读性差

陇西院，唯一可观的

老房子

四门紧闭

一如水下的青莲，不再见人

（选自中国诗歌流派网）

导读

　　韩庆成积极倡导"干预诗歌"写作，他身体力行，诗歌中饱含着对于社会与人性的反思与批判。《青莲国际诗歌小镇》中，"青莲小镇"也许只是整个虚假拙劣的社会的一个缩影，"国际诗歌"也只是整个浮华文化的病象一种。弥足珍贵的是，只有纯净依旧的青莲还在青着，并以一如既往的"出淤泥而不染"的姿态，形成了对时代的对抗与拒绝。小镇之小，和诗歌之小构成了平衡，在业已恶浊的社会，诗人选择了简短言说之后更多的缄默。（高亚斌）

尘 埃 / 陈红为

随手抓到的土块儿、瓦片儿、石子儿
轻易就吸引了刚学走路的孩子
他们不知道，即便抓不到
人生也少不了
一些板结、破碎、脱落的事物
不请自来，赶都赶不走
渐渐地，自己也被别人拾起
才感觉到：自己
是离尘埃最近的那部分

（选自中国诗歌流派网 2018.7.21）

导读

　　这是一首相当浓缩的诗，关于一个人一生的浓缩，在寥寥数语中，呈现出人生虚无的实质，却让人深思人生的悲剧性。随手可以抓到的土块儿、瓦片儿、石子儿，是那样的普通，在贫穷的年代却是儿童的玩具，我们很多人都有过这样的经历。在一个人少不更事的年龄，谁会想到这些尘埃之物后面的暗示？随着年岁渐长，刚学走路的孩子会慢慢变得须发皆白，慢慢从懵懂中醒悟到人世循环的道理。人被自己的命运驱使，最终与尘埃达成和解，归于尘埃之中。尘埃虽小，微不足道，却是人生最终的归宿。诗中有一份悲凉，却不能说是悲观；也有一份旷达，却不是廉价的乐观。说到底，还是对于人生有一份清醒——一份五味杂陈的清醒。但一个人又难得有这份清醒，难得在清醒中洞察人生虚无的实质。一个人寄身于现世，清醒地活过，也是一种纪念。（吴投文）

十月围猎　　/ 赵九皋 [意大利]

秋天的树林

终于摘除，绿色的伪装

露出真实的面孔

枯草之下，处处陷阱

每一个路口

都摆放着十字

眼前的一切

被层层迷雾笼罩

分不清

谁是猎人，谁是猎物

向前，也许是生

后退，可能是死

这里没有文明的法则

只有生死的较量

最后离开这片树林的

便是强者

爱走夜路的秋雨

总是赶在天亮之前

来到城外，等待

胜利的消息

站着回来的，是猎人

抬着回来的，是猎物

（选自作者新浪博客）

导读

　　秋天，寓意着凄凉、肃杀，又暗藏着收获。诗人立意独特，一扫传统的伤春悲秋的凄凉调式，用腕挟风雷的一支淋漓健笔给我们搭建了一个人生的猎场，危机四伏，暗藏玄机。诗人巧妙地使用比兴，技巧隐藏在文字背后，不露分毫，踏雪无痕一般把"人生实难"四个字冷冰冰地摆在读者面前。写事物能一笔写尽，这是才情，诗人分明一笔写尽了，还要写上几笔，一笔一笔把人逼上绝境。将深不见底的人生际遇交织在灵动、明澈、冷肃的叙述里，读后让人扼腕一叹，久久不能回神。（曹晓萌）

捣碎自己 　/ 涂国文

我要捣碎自己
用捣碎后的我，建造一座私家园林
与巍峨的皇宫
遥相对峙

皇宫毁而复兴，兴而复毁
而我僻居于江南千年不朽的节气中
用一道木质门槛
将纷扰的尘俗和朝廷的鹰犬
绊倒在湿滑的门外

我用脉管布下河道将头发披垂成柳
让十指摇曳成一片瘦竹
我悬左眼于西，为日
我悬右眼于东，为月
在隐逸的天空
制造日月双耀的奇观

我把胃囊剖成两方梅雨的池塘
用碎骨垒出几座假山
将鼻腔作为喷水的龙头

再将肝叶移栽入池塘

让它在炙热的夏风中

长出满池的清荷

我将肺叶做成雕花的窗棂

将舌头竖成秋天的屏风

我在心脏上搭建起一座小小的绣楼

供奉我的小爱人

然后，我将双耳的大门紧闭

躺在肋骨做成的卧榻上

捧读禁书

困了就舔一舔悬挂于卧榻上的孤胆

当然，我会记得在大雪纷飞的旷野

将身板弯成一座石拱桥

留给那些踏雪来访的故友们……

导读

　　《捣碎自己》是一首"身体诗"。起首就够狠，狠狠收拾陈旧的自己，用私家园林对峙巍峨的皇宫，在身体里造一个遍布亭台楼阁、幽闭而又接通万物的江南世界，以僻居的心静静体察和吸纳江南不朽的美。身体的江南里有古雅的屏风、镂空的窗棂；舌头为爱言说，肺为美而呼吸。甘愿自囚和沉溺在江南的美中，像遁入山中采薇而食的隐士。然后，用孤独养着生命的耻辱，像守护信仰一样守护典雅和秀丽的江南，任内心的真、善、美，独自大雪纷飞。（许志华）

群山苍茫 / 林新荣

一路攀爬

请记住崖边的日出

这是一株崖上的孤松的嘶喊

它声嘶力竭

学会让身体顺从风的方向

雨的愿望，雷的打击

但不断调整的心态

幻化成一轮新的太阳

一阵阵风过来了

我不会停留于此

攀越是我的心愿

云海茫茫中

到处触碰到虚无、空寂、辽阔

感谢世界，云海茫茫

白云深处，谁，会想到

一粒明珠般的太阳

没等露出笑容

瞬间没于苍茫之中

（选自中国当代诗歌选本网络平台 2018.5.8）

我更愿意相信这是诗人在一次野外徒步穿越群山时的真实感受。因为崖边的那轮日出和那一株孤松的嘶喊仿佛都是我见过的。而这种感受在诗人中唤醒的是一种生命生存智慧的启迪："学会让身体顺从风的方向"，这只是在恶劣环境中的一种生存智慧，是生命的本能要求，而无关道德及其他。而如果仅仅于此，那也只能停留在本能的层面。诗人在后面呈现给我们的，才是诗人心中的另一种境界。诗人用准确的意象将一种激越和思辨控制在冷静的呈现中，成功营造出一种可触可感可意会的由感性构成的理性妙境。（红力）

其实，我做了许多无用的事情 / 唐诗

其实，我做了许多无用的事情

比如，看见满书柜的书

发现每个文字我基本都认识

就像认识老朋友

认识他的喜怒哀乐和风花雪月

但最终，没能够

完全理解文字后面，那些耐人寻味的

深意和玄机，词语深处

刀的阴影怎样融于冰雪和火焰

正如我没有完全了解天空中那些飞来飞去的文字

它们轰鸣的内心与飞翔的翅膀之间

究竟有着怎样宏大而又微小的意义

当我低头

不再是一首感伤诗的前额

也决不同欢乐逆行

几年前，我在文字的山路上

突然遭遇一只张牙舞爪的雌野鸡

她叽喳喳地向我飞来

口里吐出的鸡语暗藏深渊，欲陷我于沦落

大风雪中，我绕过她如同避开恶妇

用堵不住的诗的几百条道路

用灵魂的风暴眼

全然明亮的是我纸上的歌

对他，对她

对它，曾经互为伤口，像一些开乱的花

时间是一潭澄清错与对的神水

此刻，才知道

菩提树下的我是谁，一地碎片

归于完整

其实，我做了许多无用的事情

相逢了无数

或明或暗，或恶或善的文字

品尽它们之后

齿牙生香，我有了全新的含义

不必去计较

雌野鸡和雄豺狗的叫嚷，或许

这样我现在活得更简单，更透明

更坦然，内心

水晶一般坚硬而宁静

（选自作者新浪博客）

导读

这是一首省悟诗。人生多奢求，多张狂，多迷茫，多误伤，不易探到究竟，放下阴暗念头极为艰难。唐诗通过对人性、文字、际遇和友人的方方面面的回忆与联想，沉思刹那澄明，顿悟："其实，我做了许多无用的事情。"世上诸事，清者自清，浊者自浊，诬陷等于污泥，莲花自有高洁。云生云灭，天空不变。水吼水叫，河知宁静。待到灵魂天眼一开，四方光明，阴影自然败退。这样，不但会生出宽容之心，而且还会让词语从麻醉迟钝中明快地解脱出来。自此，精神产生亮光，诗歌有了新意。万事万物，归于初始。一切存在，不再多余。（菩提叶子）

海的心情 /凤凰如诗［澳大利亚］

水云间

洒脱中的淡定

淡定中的波浪

在水一方

翘首期盼

那脚步到达不了的地方

说好了

心累时　和我一起飞翔

飞翔在蓝天白云下

任自由翱翔

说好了

难过时　和我一起去听海

听海的潮涨潮落声

任心情飞扬

海天时光　动人乐章

穿越时空　化蝶力量

人生如梦一场

好景好影好看

看自己的美丽

任痴任笑任醉

醉自己的梦想

说好了时光会老

我们不老

（选自悉尼雨轩诗社公众号 2017 年 6 月 22 日）

导读

读罢全诗，可以感觉诗里的文艺小清新范儿，颇有律动感。题目《海的心情》，如同要挖掘海的浩瀚和奔放，平静的背后有着怎样的热情呢？"洒脱中的淡定/淡定中的波浪"，那是海带给诗人的直接感受，或者说是一种人生态度。海辽阔的魅力，带给作者无限的自由和遐想，禁不住翘首期盼海那边的故国亲人。"难过时　和我一起去听海/听海的潮涨潮落声/任心情飞扬"，又把读者带入了大自然的博大。面对"天高任鸟飞，海阔凭鱼翔"的壮美，人的烦恼显得那么微不足道，天籁般的潮起潮落，不仅带来视觉听觉上的享受，更能涤荡心灵上的尘埃。在观海听海的同时，诗人的内心与眼前的景观产生强烈呼应，并升华成一种积极的人生感悟。"任痴任笑任醉"类似竹林七贤刘伶般的不羁与洒脱。最后两句"时光会老/我们不老"堪称诗眼，那是一种青春不老的人生姿态。"天若有情，天亦老"，可见红尘烦忧如白发三千丈，若能像海一样有容乃大，人之精、气、神必能长存不朽。整篇诗作自然流畅，富于音乐美感，用拟人化来描述海的景观，并提炼升华成一种人生理想，足以引发读者的共鸣。（庄伟杰）

那么多的疼才酿成一滴蜜 / 马启代

一滴蜜的甜，让我想起那些被赞美的蜜蜂
想起那些被刺穿的花蕊
想起那面被群蜂抢占的山坡，那个春天

——那么多的疼才酿成一滴蜜
那些花，那面山坡，那个春天都未曾喊叫
那些被赞美的蜜蜂一直唱着颂歌

——我侍弄的这些汉字，都有曲折的人生
我感觉着它们的阵痛，为它们接生
它们不会唱歌，也不打算毫无来由地伴舞

——唯一可以做的，也许就是酿出一滴蜜
是苦是甜，都是别人的感觉
锋刃上的蜜，从来都是一场场风暴在潜伏

（选自作者新浪博客）

　　蜜蜂是诗人钟爱的小灵物，它们在诗歌中出没，总有一种花蕊般的稚气，单纯、美好，却戴着一副象征或隐喻的面具。在马启代的诗中，蜜蜂的形象显得斑斓多彩，也显得意味深长。"那么多的疼才酿成一滴蜜"，这一句来得实在有点残忍，原来一滴蜜要由那么多的疼痛来酿造，而受损伤的"那些花，那面山坡，那个春天都未曾喊叫"，都默默地承受着蜜蜂的蜇刺和掠夺，默默地承受着疼痛。这是此诗的构思颇不一般的地方，是由逆向思维所带来的诗意逆转，"那些被赞美的蜜蜂一直唱着颂歌"。诗的第三节是一个转折，由蜜蜂的酿蜜转到写诗，承接自然，把诗意扭转到一个险峻的处境中。诗的最后写道，"锋刃上的蜜，从来都是一场场风暴在潜伏"，掷地有声，这就是一位诗人的衷肠。此诗写得简洁、畅达，在明亮中有阴影的拂动，诗中的愤怒也抑制如微风中花蕾的颤动，也如花蕾内部的燃烧，把火焰引向开阔的心灵之境。（吴投文）

窗 外 /徐春芳

窗外长日将尽
你的明眸留下斑驳的淡影

落日端上一道漂亮的甜点
当我们拥有甜蜜的初见

我们的灵魂会在何处安居
往事渐渐如老照片变得模糊

烦恼倾泻着瀑布的喧哗
月色在我身上留下多少白色的杏花

我们在一起的二十一年
也将是香草和永远永远

我和你曾站在赭山的古塔下
相牵的手攥紧了鸟鸣里的欢乐

钟声盛开着笑声，我们的幸福之地
如王维的笔端，把山水描绘得温柔而澄寂

（选自作者新浪博客）

　　《窗外》是一首情感饱满而节制有度的情诗。之所以如此说，是因为它把抒情、叙事和议论融合得很好。我们能够轻易从诗中读出那段刻骨铭心而像陈年老酒一样越放越香醇的爱情。爱是什么？爱是既爱你的清纯，也爱你的老迈！但这首诗里隐藏的情事，又是通过意象、细节和场景呈现出来的。而这些诗歌元素与古典诗词完全不一样，因为它们是带着诗人经年的体温和呐喊的灵魂一起莅临的。这才是诗歌的直接。而诗的直接让任何演绎都变得多余。我希望我的这次解读也是多余的。唯此，才是该诗最大的能量。（杨四平）

讣 告 /天 天

白纸黑字，已经把一切显露出来了。
想到人间的生死，还有什么不能放下。
此刻，它在墙上，
被几行字压着，被字里的悲伤压着。
它不动，任读它的人掀起了不幸的一角。

喧闹的街还没交出惊涛骇浪。
一切还在继续，
没有眼泪，下午的阳光把万物照得刚刚好。
多么平常的日子，
巷子里，放学的孩子跳得不能再高了。

（选自中国诗歌网 2017 年每日好诗）

导读

死亡是每个人都会面对的宿命。在这个世界，从生理角度来说，
还没有不死的人，从精神层面来看，有的人死了上千年，他还闪耀着
万丈光芒，这是很多人梦寐以求的境界。

从何处落笔写死亡，一万个人有一万种写法。但是诗人必须在现

实中抓取富有诗意的瞬间，将瞬间定格成永恒，只有有才华的诗人才可以做到这点。正如天才似的歌唱家，不怎么经过训练即可达到歌唱的境界，而缺乏才华的歌唱家穷其一生也难达到"天籁之音"的境地。此诗就是一首虽来自人力，但实在又超出人力接近天然的佳作。诗人在某个神光乍现的时候，突然被墙壁上的《讣告》击中，在这个瞬间他关于死亡的思考找到了一个非他莫属的意象——讣告，作者直接将其作为标题，给读者一个强有力的冲击，紧接着"白纸黑字"四个字，自然地将一个关于死亡的消息向这个世界作了揭示。作为人在死之前有很多的东西放不下，只有到了死的时候，无论你愿不愿意都得放下，所以诗人设问一句"还有什么不能放下"。陡然间把人逼到了看破红尘俗世的境地，尽管讣告还在"被字里的悲伤压着"，哪怕为此有人"掀起了不幸的一角"。尤其是结尾处"多么平常的日子，／巷子里，放学的孩子跳得不能再高了"。这种大转换大跨越大反衬，诗人仿佛架设了一个秋千，一会儿把我们荡进悲伤，一会儿又把我们荡向了平常。诗意陡转，情绪跌宕，语言自然，诗意天成。（唐诗）

一块补丁的幻想 /唐 政

我们小
我们就藏在自己的念想里
用一滴泪困住忧伤
用另一滴泪去构思未来

大风已经吹走了所有的身外之物
现在我们小得
连蚂蚁都看不见
小得，只够自己看见自己

从针眼儿里穿过去
我们就像一根线
与这个世界简单的相缝
便成就了，一块补丁的幻想

（选自作者新浪博客）

导读

写小人物，写小人物的小和卑微，需要有一个独特的角度。唐政

《一块补丁的幻想》把小人物身上所有的不重要、被遗忘、被抛弃、被侮辱、被损坏、被鄙视的特点都浓缩到一块补丁的幻想中。从小人物到大人物再回到小人物，这其实也是人不断本质化的过程，同时，也是这首诗歌要点明的大义。

《一块补丁的幻想》妙就妙在全诗根本没花任何笔力在补丁上，先写小人物的小，从小人物外化到一块补丁，这是一个自然而成熟的过程。全诗谨严的结构也撑起了这个主题。

一切诗歌都是神性的、宗教的，每个词都有不可知力，正是因为这许多的不可知，才构成了诗歌的无限张力。《一块补丁的幻想》里"用一滴泪困住忧伤／用另一滴泪去构思未来"便是揭示出了小人物身上一种神性的力量。小人物的忧伤是不可避免的，但小人物有的是泪水。可以用泪水困住忧伤，也可以用泪水去认知未来，因为小人物的未来也一定是劫难丛生的。（宋尾）

下班途中 /麦 豆

没有夕阳
夕阳被高楼挡住了

也没有田野
田野上长满了高楼

每条马路
都覆盖着一条河流

路边的每棵树
都拴着一只虚无的山羊

他们说一切都是新的
可我只看见飞逝的旧时光

（选自传诗者公众号）

导读

麦豆是年轻的80后诗人，但在他的诗里已经有了世事沧桑。他一路唱着农耕文明的挽歌，穿行在日益喧嚣的现代都市，固执地找寻那一片消失的田野、那一条被覆盖的河流，指认那一只"虚无"的山羊。他有他的现代意识，也有他的怀旧情结，他要指认那段逝去的时光，索隐那份远遁的田园情怀。他的想象是奇崛的，他洞明的目光和澄明的内心看到了坚硬工业下面农业时代的盎然绿意和柔软动人。

（高亚斌）

我所热爱的是这些尘埃　/ 白鹤林

我所热爱的是这些尘埃，沉重的微物
因为承受力而坠落
在割裂的光影中呈现庞大的思维

我所热爱的是这些尘埃，灵魂的抚摸
死者创造的短暂的欢乐
梦境中少年重复的恐惧与漫游

我所热爱的是这些尘埃，永恒的守护者
作为时间的最后仆人
偶然间读到关于诅咒的书籍

我所热爱的是这些尘埃，上升的载体
从大地、噩梦、雨季、棕树上坠落
开始另一次美妙的旅行

（选自作者新浪博客）

　　白鹤林这首诗在我的眼里，就是一首咏尘埃的咏物诗，体裁，自由体的"绝句"。尘埃是微物，尘埃轻飘，但又沉重。一粒尘埃是渺小的，但尘埃何其多，布满了整个空间，就显得庞大无比了。尘埃"并联"上庞大的思维，完全因意识之流漫漶所致无数尘埃弥漫在巨大的空间里，就如思维之散漫、飘浮。显然，尘埃触发了诗人的思维。

　　第二段是承。尘埃，尤其是那种凋敝、荒废、封闭之所的尘埃，令人联想到死亡，联想到少年的噩梦和噩梦中的漫游，诗人让思绪继续缥缈……一粒尘埃的升起或者降落，尘埃的诞生或消失，也许是极其短暂的，但作为复数的尘埃，其存在又是极其长久的。也许时间消失了，它仍在、它们仍在。

　　第三段是转，延展。诗人把尘埃比喻成时间的仆人，妙极了！表面上看，尘埃卑微而又坚韧，弱小但又顽强。诗人为我们预备了一个道具——书籍，那书籍是关于诅咒的——书籍里藏着一个谜，那个谜所有的人都不知道，只有尘埃知道。布满尘埃的空间给人以阴森的感觉，一种恍然隔世的梦幻般的感觉。一切喧哗、一切灿烂都必然会归于寂灭。诗人营造了令人恐怖、战栗的悬念。

　　最末一段，是合，结题了。尘埃既是空气承载之物，又是一个能够承载他物的载体，整个宇宙都充斥着尘埃，连星球都是尘埃的聚集之物。尘埃与万事万物一样，都面临着生、灭、升、降的轮回这个宿命，诗人像上帝一样俯视着尘埃的这种宿命，谈论着尘埃的新的旅行——他用的是"美妙"来修饰这种旅行，可谓悲欣交集。（杨汶山）

死于无声 　/ 蓝　蓝

合法的大雾，合法的措辞
那么多隐匿的词汇
模拟着上帝的造物——

神秘莫测的气溶胶粒子
洁白的硝酸盐、硫酸盐
固体有机物闪闪发亮
你们的眼睛无法看见

化学是我唯一不及格的课程
应该向高中时的丁老师道歉！

重新写下这些分子式：
二氧化硫、多环芳烃、挥发性有机物
2000 倍电子显微镜寻找它们活泼的身影

护士端走了瓷盘，一堆黑色中
腐烂的癌肿——猩红的血液，绿色的脓

插进中年女画家肺里的引流管
正慢慢淌出山河的污血

医院里婴儿嘶哑的咳嗽
必定是大地的一道裂缝

支气管、肋骨上缘直至胸腔
手术刀在辨认鳞状癌、腺癌、肉瘤样癌……
从东北到华南，死神快乐地奔跑
巨大的烟囱在它嘴里喷吐滚滚浓烟
它喜欢新鲜的尸体胜于时间的献祭

堆积着燃油恶臭的胸膜壁层
动脉里到处是褐煤烧过的窟窿
胎盘里还有无脑儿、斜眼、萎缩的睾丸
——哦！黑色小东西，正在钻进你的鼻孔

幼儿园合理的放假
空气净化器合理的利润
忍受吧，要熟悉淘宝 3M—N9 口罩的型号
熟悉各种药材和飞往海边的订票程序
尽可能少炒菜，不要烧蜂窝煤
忍受吧，因为还没有轮到你——

……而这一次
死神将找到更多沉默不语的好人

（选自中国诗歌网 2017 年每日好诗）

　　这是一首直面现实的诗歌，诗人以《死于无声》统帅全诗，对于
当下尤其是整个生态恶化给人类带来的伤害，给予了诗性的呈现和揭
示，诗人的揭示从"合法的大雾，合法的措辞"入手，让这首诗沿着
诗人的诗笔，在不露声色中将眼睛看不见的"气溶胶粒子"，以及在
2000倍电子显微镜下能够寻找到的"活泼的身影"，或者是肉眼直接
可以看见的"腐烂的癌肿"，女画家肺里的引流管"正慢慢淌出山河
的污血"，直至婴儿、幼儿园、手术刀……到处都有黑色的小东西
"正在钻进你的鼻孔"，"死神快乐地奔跑"，这一切因为无声无息，因
为与你无关，因为你的麻木，"忍受吧，因为还没有轮到你——"，是
真的该忍受，还是该抗议或是愤怒？诗人没有说，她只是最后心疼地
写道"死神将找到更多沉默不语的好人"。读到这里，我的全身陡的
打了一个冷战。应该说，这首诗在诗写中蕴藏着情感的风暴，在字里
滚动着思想的惊雷，在诗行中挥舞着怜悯的闪电，无论如何，我们要
为这首诗歌所承载的巨大社会容量而感到惊喜和欣慰。（唐诗）

樱 / 林　琳 [中国香港]

春，是你的舞台

无须绿叶陪衬

独自绽放绚丽

倾国倾城

世人仰慕的天之骄女

却不眷念荣耀

最辉煌的时刻也不犹豫

洒落在大地母亲的怀里

化作滋养的春泥

哺育枝头的嫩芽

笑看一树树新绿

生命何惧短暂

你在最灿烂时装点大地

生命的光辉中

尽是你遗落的爱与旖旎

（选自作者新浪博客）

　　《樱》是一首借物抒情、借景咏怀的新诗。诗人以简练优美的文笔，颂扬先花后叶的樱，没有用太多的笔墨描绘樱在早春时节盛开怒放的绚丽，"无须绿叶陪衬/独自绽放绚丽/倾国倾城"，只是一笔带过。重墨书写樱的内涵"为悦己者容，为知己者死"的精神情操。"不眷念荣耀"即使在"最辉煌的时刻也不犹豫/洒落在大地母亲的怀里/化作滋养的春泥"，以递进的手法，写出樱花芬芳过后，花开满山，花谢满山的悲壮，观察入微、角度独到，樱花的意象鲜明、品格感人，也彰显诗人宽阔博大的胸襟。诗人用樱花美得极致而花期却极短的特征，寓意人生、启迪智慧。在第二小节作了精辟的提炼、高度的升华。"生命何惧短暂"，只要活出"光辉"，把樱的热烈、纯洁、高尚表露无遗。樱把外在的"旖旎"和内在的"爱"，献给了人们、献给大地母亲，也是诗人情操的写照。诗人除遣文用字精练优美外，又十分注重音韵节奏，是在新诗继承传统的基础上创新的又一范例。（继正）

桃花源　/ 艳　阳［澳大利亚］

澄澄一湾青溪
素篙蓑衣似随云的野鹤
轻划久远的静寂
缤纷桃红随和风
飘入轩窗字墨幽香里

更漏不偏不倚停驻在
失了尘世的洞天之外
绿萝摇烟的村落
翩跹逍遥蝶翅
布衣山野鸡黍酒盏
只醉迷途的春风

院落月光和虫鸣清亮
梦飘忽在花香之地
墙垣攀缘的瓜果
窃窃私语草莽的不速之客

幽谷川溪岸芷汀兰
经不起叵测的推敲
浑浊水声淹没芬芳来路

高士的华灯

寻不回一方宁静的村火

（选自中诗网中国诗歌第 1847 期 2018 年 9 月 20 日）

导读

　　置身于纷扰的红尘，人人心中都有一片理想世界的桃花源。浏览默读着"澄澄一湾青溪""缤纷桃红随和风""飘入轩窗字墨幽香里"等诗句，一种富有古典意境的美景跃然眼前。倾听和感受"浑浊水声淹没芬芳来路/高士的华灯/寻不回一方宁静的村火"，醒来依稀有一种撕裂的痛，闭眼是不是就云淡风轻？人生只有一世，可以轻打行装隐形过市，躲进深山了却此生，只是那一点正义与善良的火苗始终燃于心底，似风吹雨打，总是难以平息，盖因我不愿把阳光让给黑暗，把文明留给野蛮。怕只怕今夜的林中，也不宜高士徘徊，四季山野都随了寒冬。诗的最后两行道出诗人的一声低沉的感叹与思考，叫人从中听出一声从源中川流的落瀑，如泪滴一样融入世纪的沧桑，那是一声长啸，也是一句无声的呐喊。蓦地，想起唐朝唐彦谦《寄蒋二十四》的诗句："大知高士禁愁寂，试倚阑干莫断肠。"活着，便是希望。从这首诗里，读者或可找到了自己的影子依贴于岁月的残垣，视线的延伸落在长城的断壁之间，手握一束桃花，在一场梦里留下某种遗憾。（尘埃）

蛙 鸣 / 月色江河

一眼认出的声音
新鲜得像一枝嫩绿
从初夏的田野
钻进村庄的耳朵

走过一块田是蛙声
走过另一块田还是蛙声
一里之外是蛙声
十里之外还是蛙声
蛙声之外还是蛙声
满地的悦耳像满地的月光
让乡村有了唯美的重量

抓一把蛙鸣
从潮湿的往事中
打开童年
一只受伤的青蛙
在我白发的怀旧里
叹成一声伤感可待的追忆

（选自湛江诗群微信平台 2018 年 1 月 30 日）

　　一首《蛙鸣》把乡愁与回忆演绎得情意绵绵、美轮美奂。诗人抓住"蛙鸣"这一农村常见的现象，调动通感、拟人、比喻、铺陈等多种艺术手段，赋予其以一种异常美妙的感人力量。这是一首美诗。美在其情的纯真，美在其诗境的宁静，也美在其诗艺的考究。无论是遣词造句，还是技巧手法，此诗皆做得相当精当。比如，"一眼认出""声音"，而这"声音"又"新鲜得像一枝嫩绿"，前者以听觉写视觉，后者以视觉写听觉，皆将看不见摸不着的东西写得具体可感，形象宜人。再如，"抓一把蛙鸣"。"蛙鸣"乃既不可见又不可触的声音，诗人用一"抓"字便使其转换成可感可触的"物体"。这种以具体写抽象的做法，已给诗增添了不少奇气。然而，诗人仍嫌不够过瘾，又来了一个"把"字，用一个数量词，让无影无形的"蛙鸣"再增具体可感的成分，直把它逼进物体的"胡同"。这一"逼"便把诗意全"逼"了出来，令人击节叹赏。（赵金钟）

疼　/ 欧阳白

2017 年 12 月 13 日上午 9 点

西安市北辰大道祥和居小区

一个女婴从 13 楼窗口被抛出

她身上的脐带企图拼命

阻止这场降落

却没有成功

她砸在地上，一言不发

大地微微颤抖

轻轻地喊了一声

"疼"！

（选自湖南诗歌学会官方微信）

导读

　　12 月 13 日，万人同悲，因为年届九十的诗人余光中走了。诗人们并写出数以万计的诗文悼念。欧阳白却关注到了另一条微不足道的新闻——西安市北辰大道祥和居小区的抛婴事件。我相信若干年后，许多纪念余光中的诗会无人提及，而欧阳白这首诗，将屡屡被人提起。《疼》的意义就在于，当众人的目光聚焦于名人并为之万分悲戚之时，还有人关注到一个被抛落的女婴，更大的意义则在于，他的关注里有着巨大而真诚的无奈与悲悯。

一般人写这个题材，很有可能写成一首纯粹的纪实诗，但仅具摄影功能，欧阳白却能在尽可能客观呈现的基础之上，大幅度加进自己的主观感受。

此外，我们还可关注女婴"一言不发"与大地"喊了一声/'疼'"之间的关联，这个女婴最终落地的瞬间，历经沧桑与浩劫的大地，可以承受一切痛苦的大地，终于也忍不住"轻轻地喊了一声/'疼'"。（吕本怀）

雨　后 / 戴　琳

雨后，

层绿染尽身体

一冬的雪屑要变作柳絮，飘飘扬扬

从冻红鼻头变到令人发痒

玄鸟正衔来更为温软的泥，嵌入墙壁

"无坚不摧的东西是没有的"

尽管你提示

用一副还没从腊月缓过来的神情

但细小的事物，诸如想念或者别离

融进了更深的粉色黄昏

哪里的云更像携着雨，哪里

天就更重，更要躺下来

只是你要当作一切都没有发生。

最好学着无视地上遗留的倒影

任走过时溅起的水干涸

我们陡峭地游进人海，任日子

在某个暖流中，摇摇欲坠

（选自中国诗歌网 2017 年每日好诗）

　　诗人是大自然最痴情的情人，痴情到大自然有任何的变化，都会引起诗人情感的波涛。这不，对于普普通通的《雨后》，痴情的诗人也发现了大自然出现了新变化并进而有了新感受。这首诗采取明暗两条线进行诗写，明线从冬天从腊月开始写到早春，诗人调动了自己的感官，采用了通感等手法，诗意的写道："层绿染尽身体"，"雪屑要变作柳絮"，"温软的泥，嵌入墙壁"等，意象自然，诗意盎然。暗线则由泥土嵌入墙壁开始，思绪翻转，浮想联翩，一会儿想到"无坚不摧的东西是没有的"，一会儿又想到"细小的事物，诸如想念或者别离/融进了更深的粉色黄昏"，然后又想到"哪里的云更像携着雨，哪里/天就更重"，"要当作一切都没有发生。/最好学着无视地上遗留的倒影/任走过时溅起的水干涸"，最后又自言自语地说"我们陡峭地游进人海，任日子/在某个暖流中，摇摇欲坠"，这样欲说还休，纵横交错，忽远忽近，把读者的思路带着在雨后的客观事物中与他一同绕来绕去，顾盼生辉，流连忘返，所有的意象都在雨后不期而遇，所有的神思都在诗中灵光闪现。是的，一首诗能够表达的就一定不要用散文或者杂文，这首诗给了我这样一个强烈提示，正如王夫之所说："敷陈不必笺奏……称述不必记序，但一诗而已足。"（唐诗）

岗 哨 /张 然

一只刚出洞的灰老鼠从我眼前经过

一对穿着燕尾服的老狐狸从我眼前经过

一头涂着口红的长颈鹿从我眼前经过

一匹刚吃了伟哥的瘦骡子从我眼前经过

一条拖着舌头的土黄狗从我眼前经过

一个蹑手蹑脚看不清面目的小矮人从我眼前经过

它们经过的时候

我警惕地看着它们

（选自作者新浪博客）

导读

　　一首包罗人间万象的诗！形形色色的嘴脸出来了，你看见了吗？

你是不是那个站岗的"哨兵"？（张黑黑）

路过如意寿木店　/ 李永超

路过如意寿木店，我担心
卖棺材和卖服装是一样的经营模式
棺材店老板会像服装店老板一样
突然把我叫住
满脸堆笑，恭请我进店选购
见我对某一款有些动心
立即问我尺寸，怂恿我试穿
然后，拼命地夸我身材好，有眼光
那是今年的新款，目前卖得最好的
如果喜欢，可以为我打折……

路过如意寿木店，我是极不情愿的
可那是必经之路
每次瞅见那些整齐陈列的棺材
我就禁不住猜想该老板开店的初衷
开什么店不可以，非得开棺材店？
取什么名字不可以，偏偏取名：如意
呵，如意，如谁之意？
这成了压在我心上的一块石头

（选自《大益文学》公众号 2017 年 3 月 3 日）

　　《路过如意寿木店》，对死亡的喻体很直观。死亡是科学、宗教、哲学、艺术、民俗讨论的主题，较形而上，不会说得那么直接。举例说，人们不会喜欢莫奈画他妻子现场死相的画，更喜欢他八十岁画的睡莲，那是诗性对生命的伟大抗争。多数诗人对死亡的展现特别超然，海子说"在众神死亡的草原，开满野花一片……"；维吉尔的《埃涅阿斯记》写死亡的片段精彩无比："整群的灵魂像潮水一样涌向河滩……他们痴情地把两臂伸向彼岸。"还有苏联的小说或电影《这里的黎明静悄悄》，描述战争与青春的伤逝，以及美国自由派诗人的自毁情节……总之，生命和死亡，是艺术表现的必然。（邹昆凌）

死亡，我以黑色的指模爱你 /航　月

那天，我听命社保人员的指令
举起右手食指和中指
然后举起左手食指和中指
在退休表格上我的名字处
用黑色的印泥按下了黑色的手纹
那天是 2017 年的 1 月 10 日

我问社保人员
不能是红色的手纹？
她说：坚决不能
黑色手纹是跟死亡连在一起的手印
按下它就等于跟死亡接近
跟未来每一天的暮年接近

社保人员给了我一块纸巾
让我擦掉手指上的黑色印泥
我抬起双手准备擦拭时
食指和中指上的印泥
已经无印而在无影无踪
纸巾空空地在我眼前飘着
它已不需要把这一片薄纸盖在我的手指上

白纸巾飘落的那一刻

我想到了死去的亡灵们

想到了我的父亲

他躺在新疆巴里坤草原的戈壁滩已经 43 年了

他在我心里一直是 31 岁

如今我都退休了

他还年轻着

如果我去戈壁找他

他还能认出 7 岁时的女儿如今 50 岁的模样

我们可以用一座土坟埋葬父亲年轻的身体

不需要用钱买一粒尘土一座土坟

父亲可以在戈壁滩听空旷的四野无穷的声音

我连座土坟都在高贵的城市找不到

我有点羡慕父亲

羡慕他 31 岁就可以拥有一座巨大的土坟

羡慕他躺在土坟 43 年了

我还泪眼婆娑地怀念他想念他

听他的二胡把我的人生全部覆盖

死亡恐惧症的我

就在这一瞬间不再惧怕亡灵

因为亡灵的手印已经按在了我的履历里

从此，我将跟土坟里的父亲越来越接近

我将用年长过父亲年龄的样子

把父亲当作一个年轻人

告诉他我在人世间里他没有体验过的生活

告诉他没有他的日子里

我没有童年直接长大

还告诉他

以后在阴间里帮助别人

别把自己的命先舍去

先学会活着健康着

再为别人奉献自己的命

我将有很长的时间走向父亲的土坟

并在他的土坟旁边给自己修一座小的

不需要像父亲的土坟那样巨大

只需要一抔土一支笔

一个安身死亡的出口

可以在父亲巨大的土坟里穿梭阴阳两间

我将在父亲的土坟里重新回到7岁

回到父亲倒在帮助邻居而死亡前的时光里

那时，父亲拿起二胡

厚厚的猪皮包裹的二胡里

是这个世界最动听的音乐

父亲没有按过黑指模

我的黑指模的手印

会给父亲的名字上加重一次

如此我能证明

我的父亲永远无法回到人间

他只属于那座巨大的土坟

那座土坟是我们在城市里再无法找回的家

他守在那里等待着我们全家

——回归

（选自中国诗歌网 2017 年每日好诗）

　　诗人从退休按下黑色的指模入手，写 50 岁退休的"我"与 43 年前为帮助邻居死亡时年仅 31 岁的父亲之间的灵魂的絮语，对于父亲诗人有深深的追思和浓浓的怀念，在不急不缓的诗写中，涌动着女儿失去父亲后的情感波涛，包括"没有他的日子里/我没有童年直接长大""泪眼婆娑地怀念他想念他""死亡恐惧症的我/就在这一瞬间不再惧怕亡灵"，等等，各种女儿对于父亲的千种呼唤，万般怀念，尤其是结尾处，诗人写道："我的父亲永远无法回到人间/他只属于那座巨大的土坟/那座土坟是我们在城市里再无法找回的家/他守在那里等待着我们全家/一一回归"，这种全景式的把一家人的生命和情感归宿给以清晰地揭示，让人读之唏嘘，咏之浩叹，情感的波澜久久地在我们的心中荡漾开来。这首诗既有诗意的呈现，也有诗情的渲染，更有直击生命本真的诚实，特别值得赞许的是诗人如此真实的写道："告诉他/以后在阴间里帮助别人/别把自己的命先舍去/先学会活着健康着/再为别人奉献自己的命"，这种在当今时代所绽放出来的作为人的本真的东西，而不是故意像有的文学作品那样去拔高，成为所谓的高大上，这是这首诗所呈现的具有诗学和人文学光辉的地方。诗人的诗写得直白而不直露，真情而不煽情，没有随意地挥洒文字，更没有夸大自己的悲伤，也没有板着面孔故作高深，就是面对人们惧怕的死亡，诗人也能够"以黑色的指模爱你"，这种方式予以表达，人世间还有什么东西能够让诗人惧怕呢？（唐诗）

柏拉图咖啡馆 / 戈 多

你和我

在一个靠窗的

位置上坐下来

然后点单

你一杯拿铁

我一杯卡布奇诺

你仔细玩弄杯垫

什么话也不说

我无聊地

扫了一眼窗外

你依然不说话

我轻咳一下

桌下，我的左腿不小心

碰了一下

你的右腿

然后我谈起天气以及唐璜

你有些心不在焉

这时候一只苍蝇飞过来

嗡嗡着存在主义

那个女侍

站在不远处

撇着嘴巴

看一出小品

别的座位上

打扑克的打扑克

下五子棋的下五子棋

空气里柏拉图

一直打着哈欠

试探我们

结果是：两只

空咖啡杯以及

两把不锈钢小匙

狼藉着

（选自作者新浪博客）

双年诗经
2017——2018

228

导读

这是个静止的戏剧场景，你既可以说诗人表达的是生活本相，漠然，呆板，机械；你也可解读为人与人交流的困难，你我的漫不经心，使对方话飘浮在半空，连空气也感染了人的倦怠；你还可以阐释为观察者与被观察者一种互换的关系；甚至……如此场景的隐喻已经溢出了它的边界，犹如一个问题有太多的答案等于没有答案，太多的喻指等于无所指。于是一切又回到原初点——没有喻指，也没有意义。

诗人从他的一个生活片段中抽身而出，将之搁置在客观位置。这是一幅平面的绘画，既无诗人的感情色彩，也没有主观的企图，既无向外的引申，也无向内的探幽，而事实上诗人仍达成另一个企图：这个生活场景它本身就是。是什么？是它自己。如此就从语言这一层面剥净隐喻的意涵。读者如沿着现成的思路走下去，几乎不能与诗人的诗相逢，相遇，相知。

那么这首诗，通过一个十分具体的生活场景，使诗人自己的玄思有了着落点。

此时此刻，诗仅仅就是一种表达，一个行为，一个动作。（篓子）

海 事 /马小贵

像是一瞬间游进古老的夜色，轻盈的
火烛在海面上跳跃。幽暗中你略显
疲惫的脸有水母般的深意，透过发光的
剪影，你冰凉的手指正摩挲风声的存在。
这样久久地，你，唇边的秘密埋伏以待
像要为一次远航辩护，但说不出的语言
像斜桅上的旗帜永远伴随我们。任你
静物，任你扑闪的睫毛引发一场晶莹的暴动
赞美你健康的肩胛，不为荣耀。只为采摘
时间的葡萄，海鸥奋战于饥饿的两线
在凌空的时刻听见泡沫微微的喘息，耳语般
召唤，你知道，俯冲的勇气来自不断抨击自身。
当午夜的热浪从你的腹部渐渐涌起
这黑暗中的温暖，浸透进我身体的海域。
我触摸到你海豚般光滑的脊背，好像我们
已相识多年，有幸生活在平凡的渔人中间
在一盏弧光灯下面，学习采集盐粒，凝望
海以及海边的松树。偶尔一只蝴蝶出现在
前甲板不安地乱撞，为了挣脱她那颗被困的心
像停顿、像紫色的蕾丝浪花消失在阳光里。
直到你的身体靠得更近，靠得更近，肋骨

轻碰如低声浅笑，像一艘帆船驶向港口，在

所有的抵达中，我听见你潮汐般涌来的痛苦。

此刻海在别处而你在身边

（选自中国诗歌网 2017 年每日好诗）

导读

　　诗人从本质上是善于创造语言，尤其是善于通过一种新的语言建构一种全新的意境。此诗的最大妙处是在似与不似之间，写海事是虚，写人情是真。

　　诗人一面将与海和你相关的一系列隐现交织的意象一路铺排，看似缓慢实则快速的诗写，排兵布阵，点染生色，自成猎猎气势，仿佛整个大海都被调动起来："火烛在海面上跳跃"，"海鸥奋战于饥饿的两线"，"蝴蝶出现在/前甲板不安地乱撞"，等等，动静结合，海天一体，将情感酝酿到喷薄欲出的境地。

　　另一方面诗人直接切入主题，将你进行情感的诗写："疲惫的脸"，"发光的剪影"，"扑闪的睫毛"，"微微的喘息"，"耳语般召唤"，"俯冲的勇气"，等等，这一切集中在一个核心意象"身体的海域"，另由三个动作进行有力的传递，诗作开始的"像是一瞬间游进"，中间的"为一次远航辩护"，结尾的"一艘帆船驶向港口"，十分诗意地完成了一次海上的与你有关的情感交融，在这个时候"我听见你潮汐般涌来的痛苦"，此时的"我"对于辽阔的大海已经没有感觉了，唯有感觉到你的存在："此刻海在别处而你在身边"。

　　诗写到这里，戛然而止，我们突然明白了诗人的狡黠和睿智，大胆与害羞，直白与含蓄。此诗达到了"意深故可曲，度敛可微通"的境地，是不可多得的一首好诗。（唐诗）

敬 畏 / 黄小培

我对土地的敬畏来自于消失的
亲人们，他们不见了，
事实上是把自己种进了地里，
长成了草或者庄稼。
在秋收后短暂空旷的田野上，
寂静不是寂静，是深渊。
土地太孤独了，
比土地的孤独更深一寸的
是地下醒着的亲人，
他们总想探出脑袋看看什么。
犹记得那年二叔开着隆隆的拖拉机播种，
一头扎进沟渠鲜血直流。
那个躁动的黄昏，
土地拽住天空一起眩晕，
落日在远处的杨树林里浓烟滚滚。

（选自作者新浪博客）

导读

　　黄小培的《敬畏》诗里有种令人心动的触感。那么细小，甚至微弱，但是细小的乡村事物里，有着巨大的生死回响。叙事里布满了跳动的生命知觉，温暖而又悲怆，瞬逝而又永恒。絮絮地低诉与沉重的缄默，寂寞与喧嚣，种种生活的姿态是无奈、是悟、是释怀。凝滞不动的时间，瞬息万变的世界，死亡、土地、亲人，都以各自的存在完成敏锐的生命诠释。对这些事物的敬畏，是一种原谅。诗歌写出了乡村生活的疼痛血腥，也写出了乡愁的疲惫不堪。（张艳梅）

对岸，那束光   / 蒋康政

那束光毛茸茸的，像新生
行走，那束光在缓慢行走，子夜也是
一大片高的寂静和低的黑暗，储藏着
它全部的未来时光。天空高远
却眷顾万物。比如，它让星子们跟那束光
一再重逢，银河之光和尘世之暖
都同时得到确认

临河而居。我期盼那束光涉水而来
带来一条河流的荣辱和生死

（选自中国诗歌网 2017 年每日好诗）

导读

　　诗人笔下的那束光，从对岸清新地呈现出来，那束光有形：毛茸
茸的；那束光会动：在行走；在寂静和黑暗中，那束光得到了天空的
眷顾，星子们在与那束光重逢，它得到了上天的承认："银河之光和
尘世之暖/都同时得到确认"。诗写到这里，好像要结束了，或者也可
以结束了，真如此，一首平常的新诗或许就会消失在当下浩如烟海的

诗歌洪流之中。但是，这是一个不造奇景不罢休的诗人，也是一个不出奇语不停笔的诗人，在短暂的沉思之后，诗人把目光拉回到了现实"临河而居"，再一次交代了诗人写作的立足点，原来前面的一切都是诗人隔着一条河流的所思所想所悟，真正让人拍案叫绝的是"我期盼那束光涉水而来/带来一条河流的荣辱和生死"，那束光超越河流之上，超越一切的尘世之上，"一条河流的荣辱和生死"，在那束光涉水而来的刹那，都会随之而来。这首诗情景相通，诗画交融，以意成画，以字成诗，以诗抒情，独抒性灵，整首诗用词精准，诗写凝练，格调高远，是一首令人过目难忘的好诗。（唐诗）

昨夜月　　/ 李雁彬

除了一枚圆月，夜晚是空的

月光在虚空中的飘浮也是空的

市声的喧哗暗淡下去之后

一片蟋蟀的广阔诵唱也是空的

被我看得躲进黑云中的月亮

此刻也一片茫然，安静下来的尘世

不知所措。历代诗人们的吟诵

更像是一些暗绿色的锈迹

静卧在那些合上的线装书中

这些被墨迹无数次念出的

诗句，再一次被远处的秋风拂过

这久远的吟诵也是空的，你的疼痛

也落不到实处，那些呼喊和呻吟

都是空的，这一片月光会在渐渐明亮的曙色中

沉没。万物即将出动，顶着坚硬的生活

（选自 2017 年 9 月《中财论坛》）

导读

　　空即不空，非空非有。被反复吟诵之后的秋夜秋月，会不会还能生发出新鲜的诗意？诗歌在一片废墟般的空茫之上把秋夜秋月的某种感觉写出来，顺畅的抒情所要表达的信息还是古老的，必须得借助于"有"才能达到真正的空，因为流逝，因为不可触摸，因为思想的澄静，才会达到彻底的空明。诗歌在一种空阔的吟诵中，达到对存在的哲学思考，直到逼出不可言说的禅境。被一片月光说破的世界，被一片蟋蟀的吟唱过滤出的世界正是一颗诗心呈现出的世界。然而，空即是有，历史和那些消逝的事物其实也并未真正地消亡，合在书籍中的思想和歌吟会在某个恰当的时机再一次闪现，以墨迹呈现的文字和秋日的草色在诗歌中浑然一体，那些落不到实处的疼永远是人类遗传的疼，悲秋伤春，这些陈旧的情怀，被诗歌用一个空字一网打尽。诗歌最后用"坚硬"这个词汇把这么多的空承担起来了，才让这些虚浮的事物最终落到实处，一首诗就这样站稳了脚跟。（徐兆寿）

英雄树　/ 刘晓箫

一棵靠墙的桂花树

不开花不结果

叶子脱落日渐枯黄

有人建议挖来甩了

有人建议卖　能值几个钱

一个月黑风高之夜

一群走投无路的惯偷

想爬上桂花树　翻墙逃逸

桂花树轰然倒地

数位警察身负重伤

一群江洋大盗束手被擒

第二天《都市总报》头版

英雄事迹　满城传唱

物业派人重栽桂花树

大吃一惊

园区建设时留下的桂花树

根本就没栽

（选自作者新浪博客）

写诗，寥寥数语，有细节、有情节、有伏笔、有悬念，写成小说的容量，没有非凡的语言驾驭能力，是万万不可能的。这种可读性，比靠华丽的语感取胜的诗，好出一万倍。

本诗最令人震撼的，是不露声色的鞭挞性。多少"满城传唱"的"英雄事迹"，仅是一个虚名。谁看得到历史的真相？那棵桂花树，哪是树，是现实的道具，让那些靠身外之物博取声名的"英雄"，无地自容。

只有有思想的诗，才不是僵诗。光靠灵感不能成就这样的大诗。

（哲弯）

桃花风　/ 欧阳黔森

风起的时候
是桃花纷纷扬扬的时候
是满月儿如镜
照你低眉娇羞的时候

长发飘起来
有月意水红桃色暗暗袭来

葡萄美酒夜光杯
不能少了冰块。溶酒也呈水红桃色
一小杯，一小杯。不用急
让两朵桃花慢慢地开
在你羞涩的脸颊上

这时候，让我遇见你
这时候，我是想对你说些什么话
可有些东西说与不说
在这个时候已经不重要
重要的是，这时候
让我在这落英缤纷的世界里
经过你的身旁

我没有红油纸伞

撑不起一方天地

让那些纷纷扬扬水红的桃花瓣

只飘零在我们的视野里

而不是紧贴在你的身上

应该祈祷

我们的世界没有下雨

只有这桃花风

踏月色而来

拂过你的脸

飘进我的眼

（选自中诗在线贵州频道 2018 年 10 月 8 日）

导读

　　诗人借风，借月，抒写桃花，又借桃花在风中凋落的命运，隐喻美好爱情的凋零与命运的阴差阳错。整首诗在精巧的构思与情景的交融中，透过桃花的娇媚与转瞬即逝，哀婉爱与人生的短暂与无奈。情绪随叙述而弥漫，既有缠绵与忧伤，又有对爱的理性与忧思，情思迂回，收放自如，令人心潮拍岸、欲罢不能，又怅然释怀。

　　而桃花最后也演绎成穿越时空和灵魂的风，如云霞在诗人的回忆中飘散，这样的落笔令诗获得了更加绝妙的美学意蕴与更为开阔的诗性……（南鸥）

金丝皇菊，太阳的另一份履历　　/唐江波

在南方，它在每一个地方生长
比太阳小多了，太阳只以单数呈现
而它一片一片，一亩一亩，一坡一坡
悬挂在人们的眼里。在多雨的南方
在百花逝后的秋季，这样的事情多么幸福

这是一个人们找不到一扇熟悉窗子的时代
而它还是老样子，熟悉人和自然的各种变化
唯独自己没有变，它的躯体里有金石的部分
支撑它在万物中为自己构建另一份履历
履历上的出身一栏标注有：太阳后裔

它的经历和品性，对得起太阳这个家族
汲满叶绿素的叶子，黄金闪耀的脸庞
霜冻，冷雨，青春，热血，这生前死后的
革命，这一直在冰冷和滚烫中向自己开战的
斗士，像太阳一样庇护着这方古老的水土

把粮食，爱情，日晷，以及和瓜田李下
有关的事情托付给它，还要加上生养
加上方言，加上中秋的月饼和诗歌

这无数颗搭载着火焰的眼睛，总是能在
需要的时候逼退黑夜的积暗和寒冷

它怀着太阳应有的对一切阴险的蔑视
哪怕在南方一年比一年凶险的洪水过后
那最先抬起头颅，展叶开花的土人的战友
依然是它。它是一杯圣水，人世间的悲欢
都在它的生和死中得到化解和升腾

啊，它的金黄就是对光的沉淀，它在人类的
生活中流动，并不叠加任何荣辱和附加值
它只是霜鸟颤动的翅膀，把寒冽和粗粝
过滤掉，把富足与冲和注入杯盏中
热气蒸腾，它让一首太阳诗在杯面上舞蹈

从花朵到太阳，这执着的理念多么像一盏盏
铺向民居的路灯，多少岁月流逝过去
它已经为自己找到了合适的名字：金丝皇菊
有时，它也想自豪地告诉人们它的履历
但最终总会停下来，因为阳光总是无声的

（选自中国诗歌流派网 2017 年）

导读

    诗是最直接感知世界的一种文学形式。诗人唐江波调动感官，综合运用现代诗歌技巧，纵情挥洒文字，语言幽默朴实，抒写张弛有度，诗情跌宕起伏，诗的肌质粗粝而精美，架构宏阔而细微。诗人对于世界的认知开阔，沿着诗人开拓的对于周围世界和日常生活认知的道路，我们触摸到诗人生命的律动，感知到诗人思考的力量，看见诗人将各种他所感知到的材料有机的熔铸在一起，为我们构建了一个浑然天成，情感流淌，妙趣横生的诗意世界。（唐诗）

暗　流　/徐甲子

暗流潜行于江河，在波涛翻滚的水下

它不外露，也不张扬

甚至不动声色

就像我身上的每根血脉

就像大地上的植物，默默将血液与养分送达

还有一种暗流潜于思想

它可以颠覆一个时代

也可动摇一个王朝！

（选自作者新浪博客）

导读

　　暗的本义是不亮，没有光，不公开的，隐藏不露的，愚昧，糊涂。在诗人徐甲子这里，暗是一种工具、手段、颜色、空间、通道和潜流。黑在传统定位上与诗人的生命体验和理性思考相碰撞，跃变为一种带着强烈感性和思辨色彩的诗歌意象和时代喻象。诗人把小实体嵌入时代大实体中发酵，向世人解剖出"暗"这一喻体的现实密码，让读者在深沉思考的同时得到自我惊醒和存在警示！（袁勇）

1996 年 10 月 28 日凌晨 1 点　　/ 高　专

唐家正高专信步在春城繁华的东风东路

1996 年 10 月 28 日凌晨 1 点

霓虹灯眨动的眼睛里，赤橙黄绿的女人来回踱步

梧桐树下面，一位老妇人

夜一般漆黑的老妇人，衣衫褴褛

蜷缩在从城市捡来分类堆码的垃圾旁

身上盖着金黄的叶子，她睡得

如此香熟，仿佛农夫躺在秋收的稻垛边

城市的烟囱使星星睁不开眼睛，我俩

嘴里飘着酒香，走过去

唤醒她，要与她交谈与她握手

——我俩想倾听那些低弱的声音

——我俩想抚慰正在凋残的生命之叶

催促中，慵懒的她极其无奈地睁开眼

像睁开眼就习惯对垃圾分门别类进行整理

她先看看我俩是不是垃圾，归属哪类

只有垃圾才能让她清醒兴奋

垃圾是馅饼是身上的棉被

是照亮她的那缕阳光

垃圾外一切都不再有意义

交谈握手难道比两斤废纸板的重量还沉

去了，去了，去了

她喑哑的声音喊道

是啊，我俩惊醒的不仅是她

还有她的饥饿和苦痛

时针再跳几下，清洁工人的扫帚将搅醒她

她还将毫无遮掩地抵御黎明前的寒潮

天明，她还得像寻找失散的孩子一样

四处寻找垃圾

她谢绝这些真诚却无济于事的声音流入耳朵

这只能使她扑向一纸垃圾时

分神，垃圾被风刮得更远

去——了，去——了，去——了

不厌其烦失去控制的她挥手大吼

（选自 2018 年 6 月 20 日《A 诗刊》"一首诗的诞生"）

导读

　　初读《1996 年 10 月 28 日凌晨 1 点》，难免令人心酸而郁闷，或许还会激起某种义愤。两个"嘴里飘着酒香"的知识青年——一个诗人和一个画家，在子夜 1 点的街头执意要唤醒一个已然酣睡的老妇人，那理由听起来"高大上"："——我俩想倾听那些低弱的声音／——我俩想抚慰正在凋残的生命之叶"。但疲惫不堪的老妇人显然对此并不领情，因为两个年轻人想与她握手交谈的诚意与善意，似乎不如能换取一点收益的垃圾，所以她只是反感且无奈地挥手让他们"去了，去了，去了"。此诗俨然一出看似荒唐实则颇接地气的微诗剧：它无情而平静地揭示了诗歌与现实生活的距离，诗人的理想在此显得苍白柔弱甚至不可理喻，诗歌与诗人之无用于此庶几可见一斑矣。但高专用诚实谦卑的现实主义姿态拯救了这首诗：因其不动声色地还原了生活与人生的真相，知识分子那种疑似行为主义的"天真与无聊"举止也因此获得了谅解。

这首短诗的讽喻意义今天读来仍然发人深思：面对同样的场景，现代聪明的诗人不会这么做也不会这样写诗了，因为他们大多学会了表演怜悯和习惯于在谎言中写出让读者潸然泪下的获奖作品。诗人的价值与意义固然有了，但这些在读者眼里，也许不如"一纸垃圾"——因为诗人和诗歌迄今仍不能从根本上解决他们物质或精神上的"饥饿和苦痛"。（凌之鹤）

空椅子 /袁 伟

整个上午空荡荡的
像一个空房间。我坐在椅子上摇晃
时间被带动，一起摇晃

昨夜，在一个偏远的县发生地震
所有的房子都在摇晃。我的头屑一直落下
就像地震街头狼藉的碎片
我散乱的眼神是到处溃逃的人群

这间杂乱的屋子
安静的挤满了物品
几盆枯萎的花，覆盖的茶具，旋转的风扇
旧沙发，饮料瓶，报纸和文件……
只有那个蓝色的饭盒有些生动
像夜空中的月亮

看见了吧，空寂的椅子本来就有灰尘
就像我本来就是空椅子的一部分

（选自小巴士公众号 2018 年 7 月 29 日）

　　袁伟的诗犀利、硬朗、用生命磨砺，以哲思淬火，每每可以摇晃房屋，带走时间，他的短诗《空椅子》正是充分彰显其诗歌整体风格的一首佳作。空椅子在当前语境下有多重寓意，时空的迷离，各种缺席所造成的遗憾与孤独，强权碾压后的苍白与真空直接导致了世界的虚无。此处座椅上的空令人恍惚、恐惧甚至是绝望，各种肉体曾经的生存痕迹，比如那些茶具、风扇、饮料瓶却历历在目，而精神的存在更是证据确凿，现实中或者传说里的逃生、鲜血和死亡是一部又一部史诗，是精神奋斗史，也是此生的意义。当然，袁伟并不是唯一书写"空椅子"这一意象的诗人，这个悲怆的令人长久震撼的意象应该是我们所处时代最真实的写照。袁伟在他这首诗的末尾提出一个堪称绝妙的问题，人与时空到底存在怎样的一种关系。（谢长安）

悼　词　/伤　痕

写悼词的那人站在人群中
看着读悼词的人，而一个木盒子
是装不下所有耳朵的
第三者的写作融合了听众们的优点
是默哀的时间延长了几分钟

悼词由一个男中音发出来
最后在敞开的礼堂被一一分解
一部分给了亲属，一部分被当作礼物
赠给了身患绝症的人
这期间出现了短暂的语法错误

一些词语的读法变得暧昧
需要一些连贯的手势
来分散听众注意力，掩饰中断的赞美
仅有一个麦克风是不够的
但事实上，现场已经鸦雀无声

悼词的结尾有童话色彩
里面出现了花园和神秘预言
写作的那人，把自己当作光线折射进去

使本来伤感的悼词

在听众的耳朵里，成了抒情诗

（选自 2017 年《中国诗人》微刊总第 102 期）

导读

　　伤痕的《悼词》以超空间叙事抵达诗性的内核，对死亡与人间的关系找到了一条隐性的路径，生于尘世者以语言为标记，死者则成在于活着的语言当中，即以诗语为墓碑，述说万物静默的生长之路，诗人在面对寂灭的现实时，努力拓展诗思与未知达成诗意的和解，由冰冷升至人性的常温，以冷静而理性的语言，探究着生与死的关联秘密。

　　诗里有某种反喻和暗示，这是人性的一部分，很多时候我们身在其中，不知其味，诗人以旁观者的身份，借这样一个严肃的场景来分解和揭露，但又不动声色，甚至让人产生了某种错觉：虚伪在死后仍然流行。当一个人的悼词成了抒情诗，我不知道，疼痛是否还能言表？无论怎么掩饰，活着的人的表演，都是滑稽的。

　　伤痕或者就是这样想在我们脸上刻上一刀，实在是用心良苦。

（温青）

暴雨之后　　/ 段家永

每个水洼都抱着一个胖胖的西瓜在啃

草木扯一把干净的阳光

擦拭自身的潮湿，和凌乱

白玉兰有的在开有的在谢

空气中掺了清凉油

人间仿佛重新洗过

大街上每个人都是明亮的

树上的灰尘也是

但我知道昨夜的大雨来过

蚁穴崩溃

豆苗骨折

有人没能忍住一生无尽的悲伤

今天的太阳照常升起

温暖像块磁铁，吸住了人心的柔软

我愿看到生活抬头

万物坚定地沿着光的方向行走

（选自《诗同仁》微信公众平台）

　　每一首真正的诗歌都来自于诗人对人的境况的观照、对时代的凝视。时代不可见，人的境况亦不可见，就像昨夜那场暴雨，需要各种碎片拼合，在裂缝中发现启示。恰如白居易从耳朵里复原了那个如梦似幻的风雨交加的春夜，段家永通过视觉、味觉、触觉等组成的感觉的多棱镜，从西瓜一样多汁的水洼、潮湿的草木、地上的白玉兰、清新的空气等事物中，考订昨夜暴雨的陈迹，发现了我们的明天。暴雨带来了新世界，"人间仿佛重新洗过"，但诗人并不热衷于歌颂，转而继续追问我们的新世界从何来、我们要向何处去。低头的时候，他感觉到了新世界的代价，于是发出"我愿看到生活抬头/万物坚定地沿着光的方向行走"的吁请！身处暴雨将临的时代，这万物沿之行走的光也是我们的共同的希望之光，它脆弱得不堪一击，但远比暴雨更长久，所以真正的诗人和人，必将心怀温暖的磁铁，并郑重地写下"我愿"。（罗逢春）

三伏之后　/ 梦　乔

起初，是因为那夺目的红从一扇门
撞进另一扇门，喧哗之后跌倒在湖的对岸
就再没有消息。那时我在
变形的房子里看蝙蝠疾飞

时光锈迹斑斑
我已懒于推开房门
中年的顽疾让时间成为飞翔的枯草
我因此害怕看到每天的落日
一种决绝的心情瞬间就按捺不住
膨胀起来

三伏之后
月亮开始若隐若现
有影子一直跟随我的身后
扶起深秋最后的残枝
请让我回到你的诗中
开成一朵蓝雪花

（选自小巴士公众号 2018 年 8 月 21 日）

梦乔的诗素以轻盈、细腻、委婉见长，《三伏之后》是追索枯枝上时间的去向，然后重新建构新的空间。中元节是一个缅思故人与古人的时间，在这一天，阴阳交汇，梦乔看到一朵花在一个世界和另一个世界之间自由出入，残枝上竟然绽出华光。时间或者岁月从不曾隐匿，它只是以另外的形式在我们眼底重现，比如疾飞的蝙蝠，比如月光里的影子，再比如落日下飞翔的枯草，人类的肉体和灵魂就像是沙漏的两端，此虚彼实，往复循环。时间的流逝令人悲伤，甚至是"决绝"的心情，而爱是永恒的延续，是温暖的归宿，哪怕残枝，也会开成一朵蓝雪花。（谢长安）

An Introduction to Contemporary
Chinese Poetry 2017—2018

| 第四部分 |

中国当代诗歌奖(2017—2018)得主作品专辑

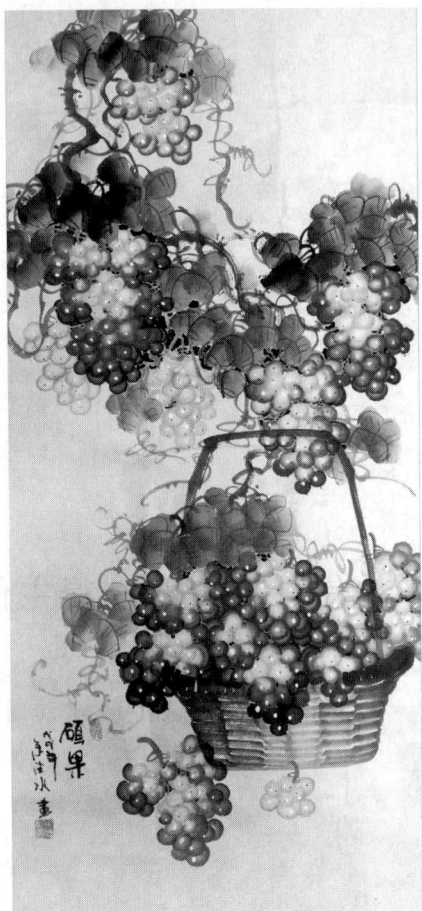

余德水　绘画

潇　潇

授奖辞

潇潇在经过随意变形和嫁接的语词中，淘漉出生活的细碎闪光。她有着对庸常人生与世俗情爱的认同与包容，在往事与现实相互纠葛的叙事中，呈现女性微妙的情感与隐忍的创痛。她要在诗歌的容器上留下一个小女人温暖的手泽，说出家与爱的味道。

简介

潇潇，中国当代女诗人、画家。四川人。中国诗歌在线总编。出版诗集：《踮起脚尖的时间》《潇潇的诗》（在中国、古巴同时出版）等。作品被译成德、英、日、法、韩、波斯、阿拉伯语、孟加拉语等。长诗《另一个世界的悲歌》被评为20世纪90年代女性文学代表作之一，2018年5月被翻译成英文在英国剑桥《长诗杂志》（*Long Poem Magazine*）头条全文发表。曾获多项国内外诗歌大奖，2016年获罗马尼亚阿尔盖齐国际文学奖。潇潇是第一个获得此奖的亚洲人，并被授予罗马尼亚荣誉市民。现居北京。

监视生活

下午醒来
天气没醒，阴沉沉的
电脑打开，总是错行
像上午和下午

空气中有木炭的香味
去吃烤肉串吧
舌尖上的口水
阳春三月的雨

电梯每一层
打着顿号，停一下
有一层
没有亮灯的摁钮旁
"禁止吸烟"
被撕掉下半身

监视器下
匆匆出去的面孔
匆匆进来的面孔
都是一个面孔

庭院花坛中心的女神
迎向大门，探头
监视着路过的
每一个人

一滴入魂

等你风尘仆仆赶来
用心准备的
菜肴摆上桌子
红豆薏米汤为你洗尘

拿手的烹鱼和青菜
是否对你胃口
佳酿下去
如流水的古琴
围绕我们对饮

清凉、透明的诱惑
一杯又一杯，发出米香
我们品着，说着眼前
和几十年后的事情

说着世俗的门槛
说着从命运中抬起头颅
说着战争的边缘
圣徒落难而死
人心为何物

一个被倾诉捏痛的夜晚

两颗飘浮悲悯的心

爱到深处，一滴入魂

涌起的冲动

像荒芜一样无边

移　交

深秋，露出满嘴假牙

像一个黄昏的老人

在镜中假眠

他暗地里

把一连串的错误与后悔

移交给冬天

把迟钝的耳朵和过敏的鼻子

移交给医学

把缺心少肺的时代

移交给诗歌

把过去的阴影和磨难

移交给伤痕

把破碎的生活

移交给我

记忆，一些思想的皮屑

落了下来

这钻石中深藏的影子
像光阴漏尽的小虫

密密麻麻的，死亡
是一堂必修课
早晚会来敲门

深秋，这铁了心的老人
从镜中醒来，握着
死的把柄
将收割谁的皮肤和头颅

99.9 平方

我的爱正好 99.9 平方
可以安放一张会隐身术的床
和一间白纸黑字的书房

开放的客厅
私通荡漾的大海
几朵耍性子的云在天花上悲伤

我的爱小于一个妻子
是爱的圆周率的 N 次方
是肉肉，是心肝偶尔的小刺痛

你责怪、批评的语调
是宽阔、和善而性感的

让我有些耍赖，着迷

有一天
如果你爱不动了
那一定是我的 99.9 平方
越来越小

不是你的错

获奖感言

　　获奖犹如一个甜蜜的陷阱，大多数人深陷其中，不能自拔，变成奖项的仆人。

　　我喜欢早年的自己，那时我写诗，仅仅因为喜欢。住在成都闹市区的青石桥十年，居然不知道《星星》在哪里。眼见着一个个南来北往的诗歌文艺青年从桥上走过，在街口的茶馆为某个诗人的某一首诗争得面红耳赤。有的辞掉好工作，宁愿一生为写出几个好句子而穷困潦倒，也有喝疯酒的，跪在地上向邻桌的女子求爱……那时我身边认识的许多"第三代诗人"对在官刊发表的作品都不以为然，志同道合的人纠结在一起，偷偷摸摸办地下油印诗歌刊物，有时也被相关管理部门追得鸡飞狗跳。历险之后，大家在写作与油印文字的灵魂碰撞中得到强烈的满足和喜悦。获奖倒像是冥王星上发生的事，遥远而荒谬！

　　那个时代的诗歌江湖，现在想起来真有些魔幻的感觉。你可以凭借一首好诗，敲开诗歌江湖的任何一扇大门好吃好喝。美女总是依偎在好诗人的身边。不像今天她们都在土豪和权力的金屋里。美女诗人犹如稀世珍宝，被众星捧月，或者被某个气场强大的同行收藏在家中……

我喜欢那时的自己，纯粹地写诗，读欧文·斯通的《渴望生活》、毛姆的《月亮与六便士》，最大的虚荣心和终极目的就是写出好诗，对获奖兴趣索然。渐渐地我的内心出了故障，或者时光这台打磨机修改了我内心的程序，从哪一天起，我在意获奖了？在一个个甜蜜的陷阱中，品尝着得失的感觉，品尝着鲜花与镁光灯的灿烂……品尝着人生更大的虚妄！我这么说并非不感谢、感恩那些把诗歌奖给予我的评委和组委会，是他们的厚爱，让我有资格站在这里喋喋不休。我只能用更大的努力去写出配得上自己称为诗人的诗歌！符合自己，配得上诗，就是老天的眷顾。谢谢大家！

大 枪

授奖辞

大枪有志于对长诗与大诗的探索，他擅于在语言的湍流中激起诗意，并从中获取风水相遇的快感。他有着铺陈敷衍和把控叙事的能力，企图使语言在不断繁衍中获取增值。在诗歌中，他与世界、外物和自我展开了潜在的对话，但最终却成就了一场浩大的内心独白。

简介

大枪，中国当代诗人。江西修水人，南昌大学美术学士，长居北京。中华诗词学会会员，国际汉语诗歌协会副秘书长，《国际汉语诗歌》杂志执行主编，中国诗歌流派网学术委员。诗作多见于各专业诗歌期刊和年度重要选本，获得第四届"海子诗歌奖"提名奖，首届杨万里诗歌奖一等奖，《现代青年》杂志社年度十佳诗人奖，《山东诗人》年度长诗奖及其他多个奖项。

蒋胜之死

告诉你，蒋胜，上帝从来没有赋予你过人之处
出生，成长，娶妻生子，一切都那么不动声色
就像提前拟好的剧目，完整得让人心痛，直到今天
你死得有些提前，女人脸上的霜猝不及防地晕开
一群水墨画在剧目里成群结队地行走，大幕升起
百鸟调试好背景音乐，死道不孤，经幡猎猎
你删掉舌头上入世多年的台词，开始涉足新途

一切源于宿命，哀乐声在老屋颓旧的床上分娩
这最后一声啼哭，沿着爬满墙根的童年溜了出去
并在每一个脚印内续上尿液，以此来标注过往
最后又回到床上来，这就是人生，一个圆
符合当下通俗写作规律，滥情，拖沓，饶舌
千剧一剧，你也得循章办事，活着的人里
谁都无法提供规避死亡的经验，人人都是胆怯的新生

你曾经放荡地把邓丽君摁在八十年代的墙上
仿佛魔怔于舌头的功能，你把每一句歌词抻长
下一个音符总是在上一个音符余音消失之后响起
你梦中抢过绣球，赤手猎虎，马踏京城
你把梦做得风生水起，可惜尘世网幛深厚
母逝妻离，弱子缠疴，黑暗在污渍的窗棂上散养狼蛛

打劫穿窗而过的月亮与五谷之香，这都是人世的劫数
众梦从月光树上齐齐跌落，世界止于你的鼻息
神说，天空有多么灰，你的日子就有多么灰

其实，一个时期你曾经君临天下，你的青春
让所有的庄稼开始怀孕，它们产下稗子
在南方，苹果树开满纸花，花瓣入土即遁
布谷鸟收起翅膀，在春天就已经鸣金收兵
日子由此老去，你开始忘情于盲人卦师的江湖
你把爻象反复拆解，像拆解儿时的翻绳游戏
整个过程尤为诡异，绳结们环环相扣
直取手指的咽喉，除了承受，你无法从中全身而退
游戏令人失望，黄土堵塞了所有咽喉的出口

蒋胜，你对旧秩序是抱有十分的留恋和敬意的
俚语，长发，失眠的夜灯，扬手飞出的水漂
都会唤醒你合上的双眼和身枷棺椁的灵魂
你把自己种植在 8 月的土壤里，那些破土而出的
山歌，小河，砍去头颅的稻茬，寡妇的花园
都是你的国语，项饰，战利品和规划幸福的版图
你渴望像一个土司一样封建且流氓地占领它们
每天在旺盛的土地上统领朝昏，放牧影子

对影子而言，热爱她是万物的恩幸，你也不例外
你从来没有今天这么恐惧，你想永久捉住她的脚踝
让她在你的桃花潭游泳，你狂执地想把她捉住
你从小喜欢下潭捉鱼，一个影子就是一条鱼
鱼的鳞片上贴有桃花，暧昧如旧时候的戏折子
生旦净丑，西皮二黄，每一场都是爱恨情仇

你从中能触摸到鱼鳞和桃花的质感，滑如青瓷

但就是无法捉住其一，潭里的黑暗涉世很深

鱼在黑暗里没有光，鱼鳞和桃花也没有光

它们的质感被黑暗吃掉了，这不是你的过错

在尘世，万物都是被黑暗分解和消化掉的

顿悟这一点真是不易，它减轻了你的不平和自卑

虽说布衣不同帝王，南方之橘不同北方之枳

但人终究是要作古的，你把作古写在石碑之上

从此挂出代表人世的印绶，不坐尘船，不问津渡

你开始领略到一个新视界的迷人与富足

比如一只蜻蜓落在水边的芦苇上，变成两只

它们勾尾相视，月亮带着诗集寻找朦胧与爱情

在众灯熄灭之后，从一个窗棂飞行到另一个窗棂

这些都是小隐者的生活，夜莺歌唱，万物喘息

地上地下，万象所及，到处都是旁观者的风景

你从此专注于荒林山野，把空间和欲望留给人世

人世虽然文风鼎盛，却没有一行文字留给你

甚至小镇的爆竹，也只是为你做礼节性的颂辞

这就是人世对你的定性，人情轻薄，重不过纸

好在亲友们总是终审的负责者，他们按照风俗发送你

并且体面地装裱你的灵魂，让你在镜框里做最后的陈述

家人会定期洒扫你的新居，朋友会偶尔造访你的老屋

而你坐在镜框里幸福，笑不出框，这种情形会持续很久

直到你跻身世祖之列，这足以告慰你忧郁而年轻的死亡

蒋胜，据说那里是上帝执政的国度，你应该适应新的属性

你素未经历过的正在发生，素未看到过的都是新鲜的

你应该学会藏起惊讶的眼神，那里没有疼痛和杀戮
没有雾霾和欺骗，百兽们头戴佛光，众花盛开于野
熏风得意，万物朝阳，冬天里的每一块草地都是春天的
在那里，连乌鸦的喉咙都不设禁区，到处是感官的盛宴
你还将自动位列于星星的朝班，这个潜伏多年的夙愿
终于在彩云之上开花结果，从此，在若干个黑暗之夜
你虔诚而友好地看着我们，看着人世，无端发笑

一只13点15分的蚂蚁

再孤独的世界总会有同行者
在中午的广场，我就和一只蚂蚁有了交集
我远远地看到了它，同时我看了看表
13：15分，时针向北，分针向东
我们向对方走去，我确信它看到了我
我能感受到它的触须在友好地摆动
这是一个有意识的节奏，而且
我环顾四周，附近只有我一个生物
它走直线，没有一点平时的迂回
距离越走越近，中间有一次它停顿下来
用上颚在一块水果皮上箆了箆
就像一个有修养的人约朋友见面
总会事先漱漱口，或者它可能意识到
和一个异类交往的困难，总之
它和我一样，都执着于打破这个中午
的孤独，它一次次把触须荡漾到最高处
像是荡漾传送信号的两根天线
这时候天空恰到好处地被搅响

许多午睡的人推开了窗户

我没认为这是我所偶遇的这只蚂蚁的功劳

在这个世人皆睡的中午，它和我

只是另一个被各自世界遗弃的孤独者

世界，是我在这首诗中三次提到的大词

其实我茫然到和它无关，在这种

时光里，只是一只蚂蚁选择了我

我选择了一只蚂蚁，就是这样

看到满头白发我会心生恐惧

我会立刻想到我也有满头白发的那天

我会担心孩子们长大了，他们不再

依赖我，不再让我接送上学，不再遵守

不要和陌生人说话。他们整天和陌生人说话

我会再也没有兴趣玩让别人猜年龄的游戏

因为我似乎失去了玩这种游戏的权利

在许多场合，年轻的女孩们都叫我爷爷，爷爷

我会抵制小朋友在我横过马路时的搀扶

我会像被收缴过桥过路费一样讨厌这种爱心

我会焦虑年轻女孩在公交车上给我让座

对此我会像一个从战场上下来的伤兵一样忧伤

我甚至认为多看一眼女孩的眼睛就是发动战争

我会对毕生唯一珍爱的睡梦心生抵触

并生怕在梦到童年，初恋，娶媳妇

生儿子，儿子娶媳妇，儿子生儿子

等等能笑到流口水的大梦之后，再也不能醒来

我会对已然到来的晚年时光产生很多设想

其中最令人难以接受的，就是在妻子之后离世

我会认为这是被整个世界遗弃的，大孤独

我会知道所有关于白发的原罪是太阳晒成的

为了展示对抗，我终会选择把自己交给黑暗

如果黑暗包围了白发，并且包围了我

除了记恨太阳，我不记恨世界

获奖感言

尊敬的"中国当代诗歌奖"组委会：

尊敬的各位评委：

尊敬的诗人朋友们：

非常感谢有幸获得第五届中国当代诗歌创作奖。

这是一个有着宽泛影响力的奖项，就其已经连续举办了 10 年五届即可以想见，看似弹指一挥的 10 年，放诸在新诗界尤为不易，21世纪的华语诗坛有个怪现象，那就是每年都有很多新命名的奖项被设立，不过，和设立之初名家齐汇、热闹喧嚣的场面形成鲜明对比的黑幽默来得有些快，首届办完的颂曲秒变寿终正寝的挽歌者不乏其事，而中国当代诗歌奖——这一按照中国诗坛的"龚古尔"文学奖来打造的诗歌奖项，却有着愈发旺盛的生命力，可以断言，随着时间的推

移，这一奖项将转身为华语诗歌奖的传统奖项。

而作为该奖项的获奖者之一，我庆幸在过去的 30 年里，诗歌或远或近地始终和我在一起，且从没有自视觉中逃离，哪怕生而多艰，现实形销骨立，诗歌仍然充当了填充我无限空旷的不遑多让的精神媒介，这让我有了对抗现实的充实和丰盈感，冲淡和消减了一个写作者对物质世界的诉求，从而多了一分始终置身于纯诗中的喜悦。正是这种能有效让我放松的喜悦，时常把我从小我和现实的紧张关系中择出来，最终找到一条较为温和的描写事物的中间状态的途径，这也是诗歌之于人性的真实且复杂的但又必然存在的形态，同时，也是我对诗歌写作的自然敬畏，而诗歌，终将成为一个写作者永生恒守的经文。

再一次感谢那些认可我的诗歌并帮助我逐渐成熟的人们。

第广龙

授奖辞

第广龙勤勉于在生活的沃土上采摘诗歌的小小籽实，在他的叙说中渗透了中年的感慨与怀旧的情绪。他的诗歌里有着乡土与民谣的滋养，他对于生命与存在的思考，由于有了思辨的参与，而具有了古典式的禅悟和现代主义的荒诞感。

简介

第广龙，中国当代诗人。1963年生于甘肃平凉。现居西安。中国作家协会会员。参加《诗刊》第九届"青春诗会"，参加《诗刊》第九届"青春回眸"。已结集出版九部诗集，十部散文集。甘肃诗歌八骏。获首届、第三届、第四届中华铁人文学奖、敦煌文学奖、黄河文学奖、全国冰心散文奖。中国石油作协副主席、西安作协副秘书长。

那一个秋夜

地上，盛大的虫鸣
头顶，盛大的星空

秋天可以颠倒
秋夜可以交换

虫鸣发散，万道光
星空沸腾，万种声响

那一晚，我走在路上
我是一件响器，我是一个反光板

山上山下

在五台山的北台
车上上来了一个
本来步行的小伙子
他按着腿说
刚被狗咬了
一路上
我们见庙就停

见佛烧香

回到山下

一车的人

都提醒他先到医院

打一针疫苗

暴力行为

藤蔓上

一朵下面的

喇叭花

来到了上面

另一朵

被压歪了头

都颜色绚丽

嘴唇上沾了露水

里头的光线

一闪一闪

灰　堆

灰堆下面还有灰吗

一年又一年刮风

灰烬里爆响的文字

还在复原

走失的笔画

大火吞没竹简时

鬼神在哭还是在笑

焚书场也是坟场

灰堆留下了

更多的灰

通过另一种肥沃

滋养庄稼

村庄和灰堆同名

门额耕读传家

懂得敬惜字纸

获奖感言

中国当代诗歌奖已经成功举办到了第五届，有幸获得这一届的创作奖，感谢评委和读者对我的肯定和鼓励。我要倍加努力，在诗歌之路上不断探索，追求更扎实，更丰富的诗歌文本写作。

我写作诗歌快四十年了。诗歌让我体会到了快乐，感受到了痛苦，对于人生，对于生命，有了接近真相的认识。这如同我和诗歌之间在进行秘密的交换，是持续的，持久的，双方都充满好奇，又没有最终答案提供，我想这正是诗歌的魅力所在。

诗歌对于创新有着天然的要求，如何克服惯性，跳出固有思维，一直是我尝试解决的难题，也考验着我的定力和能力。在这个过程中，我有失败，有惧怕，有不甘，但我不会放弃，我愿意超越自己，哪怕只有一丁点儿的进步，我也觉得没有辜负诗歌。

这个世界变化快，诗歌得有担当，发出声音，我愿意在其中，也希望我的表达是真挚的，这出于我的选择和自觉。同样的，我也认识到，许多情况下，诗歌是慢的，就像长出来的，就像四季的更替。我的经历和我的内心不能保持同步时，对自己有一份约束，一份限定，当一个局外人，这也许更需要勇气。

人老了还爱着诗歌，还有诗歌相伴，我唯有感恩，并珍惜。

罗振亚

授奖辞

罗振亚有着能够入乎其内出乎其外、不为风气所动的学术品质。对于整个宏大诗歌现场的俯视与观照，和对于丰富细节的发现与辨认，在他的诗歌批评里相得益彰。他的批评是开放的，向着各种可能性敞开，在他对诗歌去向的思考中，流露出欣喜之外的深刻隐忧。

简介

罗振亚，中国当代批评家、诗人、学者。1963 年生，黑龙江讷河人，南开大学穆旦新诗研究中心主任，文学院教授、博士生导师、副院长，享受国务院政府特殊津贴专家，2005 年入选教育部"新世纪优秀人才"，为中国作协诗歌委员会委员、中国新文学学会副会长、中国写作学会副会长、中国闻一多研究会副会长、天津市中国现当代文学研究会会长。出版《朦胧诗后先锋诗歌研究》《与先锋对话》等专著十余种，诗集《挥手浪漫》《一株幸福的麦子》，在《中国社会科学》《文学评论》《文艺研究》等刊物发表文章三百余篇。

是"死亡"还是"新生"：我看21世纪新诗

不知不觉，21世纪已经过去了十八年。客观地说，十年即可以造就一个文学时代，那么21世纪诗歌的具体境况如何呢？它是否已经从20世纪诗歌那里彻底剥离，形成了独立的个性品质，它究竟是改变了新诗边缘化的现实，还是加速了诗坛的内在沉寂，如果再进一步出发它还需要克服哪些困难，避开哪些"陷阱"？面对这一系列拷问，批评者们的任何逃避或者顾左右而言他的行为，都是对诗歌不负责任的表现。

说到21世纪诗歌，评论界的观点可谓姚黄魏紫，仁智各见。但最具代表性的不外乎有两种，第一种意见认为，进入新世纪以后的新诗已经彻底淡出中心和正宗的位置，被边缘化到近乎"死亡"的程度，它在生活中充其量也只是可有可无的点缀，指证相当确凿。第二种意见则认为，新世纪诗歌空前"复兴"，已经获得了"新生"的可能，写作队伍、作品数量、受重视程度、传播速度与方式均处于理想状态，可以说诗坛的氛围是朦胧诗之后最好的阶段，理由也非常充分。

我以为，这两种代表性的观点都不无道理，也都看到了诗坛的一部分"真相"所在，但同时也遮蔽了另外一部分"真相"，两种观点的极端对立实则说明诗坛"乱象"丛生，实质复杂。一方面，"死亡"论者的结论过于悲观，因为诗坛还有许多希望因子在潜滋暗长：1990年代的商品经济大潮荡涤了诗歌的土壤，但也纯净了诗歌写作队伍，使郑敏、王小妮、王家新、于坚、西川、臧棣、伊沙、张执浩、胡弦、朵渔等将诗歌作为生命、生活栖居方式的存在型诗人的风骨被凸显出来；人间不是不需要诗，而是需要好诗，汶川地震次日，沂蒙山一位作者创作的《汶川，今夜我为你落泪》贴在博客上后，竟然在很短的时间内有了600万人次的点击率，而后《妈妈，别哭，我去了天堂》《孩子，别怕》等也都被传诵一时，这表明当下文化语境中的中国，仍在呼唤着好诗。另一方面，一些"新生"论者则耽于表象，对喧嚣背后的隐忧估计不足，态度过分乐观。他们没有更多地考虑新世纪诗歌之"热"多限于诗歌圈子之内，而和社会关注的"冷"构成了强烈的反差，网络解构话语霸权，使人人都可"抒情"的同时，有时也狂欢到令人瞠目结舌的程度，那个据传网名叫"猎户"者所发明的自动写诗软件，将不同的名词、形容词、动词，按一定的逻辑关系组合在一起，一月不足就写了25万首诗，休说惊人的速度，仅是抽离了责任、情感和精神的炮制品能否再称之为诗就值得怀疑；而诗坛内部"事件"多于"文本"、"事件"大于"文本"的娱乐化倾向，特别是最具说服力的文本孱弱的现实，更无法不让人忧心忡忡。或者说，21世纪诗坛态势更趋向于喜忧参半的立体化，既不像"死亡"论者想象得那么悲观，也不如"新生"论者宣传得那么繁荣，它正处于一种平淡而喧嚣、沉寂又活跃的对立互补格局之中，娱乐化和道义化均有，边缘化和深入化并存，粗鄙化和典雅化共生。也正是在充满张力矛盾的"乱象"中，诗歌沿着自身的逻辑路线在蜿蜒前行着。

　　21世纪诗歌为从"低谷"中突围，重构新诗在文坛和读者心中的形象，进行过一系列的努力和尝试，如借助网络与民刊的优长，实现书写方式与传播方式方面的革命，通过"及物"强化诗歌的烟火气和"行动"化力量，影响日常生活，等等。而最主要的"亮点"大致聚焦为三个方面。

　　一是诗人们逐渐摆正了诗歌在现实生活中的正常位置，认识到诗歌虽然没有直接行动的必要，但也绝不能沦为空转的"风轮"，任何时候都应该有所承担；所以在经历SARS、海啸、雪灾、地震、奥运、共和国60华诞等一系列大悲大喜的事件后，普遍能从1980年代以来那些过于贴近时代的高调的"大词"书写和疏离人类的高蹈的"圣词"

书写中汲取教训，参悟承担的含义，并积极在日常生存处境和经验支撑的"彼在"世界中攫取诗情，使写作伦理获得了大幅度的提升。随意翻看一本诗刊，这类从作者的切身感受和原初经验出发的文本俯拾即是。如叶延滨的《听一场报告会的意象速写》就在他人看来最没有诗意的日常生活中寻找情感资源，建构自己的情感空间，"那些永远正确的词语是工蜂……工蜂是英勇上阵的士兵/正穿过透明的墙体，从主席台/飞向四方，像一个成语/飞蛾扑火"。台上假大空、台下嗡嗡嗡，台上台下一点不"接轨"的会议场景如今比比皆是，诗以对这种害人的形式主义及其背后官僚主义习气的微讽，获得了介入生活的批评力量，在某种程度上带有了针砭时弊的社会功能。再如出身底层的郑小琼在《表达》中写道："多少铁片制品是留下多少指纹/多少时光在沙沙的消失中/她抬头看见，自己数年的岁月/与一场爱情，已经让那些忙碌的包装工/装好……塞上一辆远行的货柜车里"。诗歌介入了时代的良心，显示出诗人对人类的遭遇关怀和命运担待，从个人写作出发却传达了"非个人化"的声音。这就是女工青春的现实，寂寞与忙碌是生活的二重奏，爱情和青春只能在机器的流水线上被吞噬和埋葬。钢铁与肉体两个异质意象并置，赋予了诗歌一种无限的情绪张力，外化出青年女工忙碌、寂寞而悲凉的残酷现实，其对人类遭遇的关怀，愈衬托出底层百姓命运的黯淡。可以看出，大量作品都不再只在"纸上谈兵""网上谈兵"，而是现实感显豁，情真意切，元气淋漓。

可喜的是，由于诗人们非凡直觉力的介入，保证了多数文本能够不时突破事物的表面和直接意义，超越片断的感悟、灵性和小聪明，直接抵达事物的根本，显示出深邃的智慧和人性化思考来。像赵亚东的《带着稻米回家》好像是从生活的土壤上直接开出的精神花朵，"那些稻子说倒就倒下了/听命于一个乡下女人的镰刀/她弯下腰，拼命地梳理/一粒米和土地最后的联系/那些稻子被风吹着/那些稻子最后都倒下去，一片一片的/像那个收割的女人，默默地顺从于命运/那些稻子也该回家了……/我知道，把它们带回家/我必须用尽一生的力气"。精确而节制的文字和富于场态张力的描述，见出了农人的艰辛和苦楚，但它以稻子、女人、我和命运等几者关系的建立，已经触摸到了乡土悲凉命运的本质内核，和敛静、节制而低抑的语词背后那种无法言说清楚的精神疼痛，入笔虽小，旨趣却远。再如靳晓静的《尊重》展示了自己十二岁时手指被菜刀划破出血的场景，可是更是从母亲的话"你没尊重它，/所以它伤了你"悟出许多道理：创伤并不可怕，人都是在创伤教育中走向成熟的；所以"从那以后，我有多少次/被生活弄伤/从未觉得自己清白无辜"，琐屑的生活细节被人性辉光照亮后，玉成了一种精警的思想发现。21世纪诗歌这种关注此在、现时世界的"及物"追求，进一步打开了存在的遮蔽，介入了时代、现实的真相和良知，在提高诗歌处理现实和历史的能力同时，驱散了乌托邦抒情那种凌空蹈虚的假想和浪漫因子，更具真切感和包容性。

二是应和题旨和情感的呼唤，诗人们自觉注意各个艺术环节的打造，在艺术表达水准上普遍有所提高。很多诗人走着意象、象征抒情的传统路数，似乎与20世纪90年代诗歌一脉相承，但技巧的运用上愈加内在娴熟，有时已经到了习焉不察的境地，风格的辨识度趋高。如王小妮的组诗《十枝水莲》中的《谁像傻子一样唱歌》，在"物"的凝视里竟有一种物化的冲动，当窗外"有人在呼喊"，"风急于圈定一块私家飞地/它忍不住胡言乱语"，"一座城市有数不尽的人在唱"时，那终于开花的水莲却十分安静，"我和我以外/植物一心把根盘紧/现在安静比什么都重要"，这里的花和人已泾渭难辨彼此可以互换，水莲那种不事张扬的内敛、简单、安静，不正是诗人的象喻吗？再如江南雨的《一只羊在夜晚通过草原》也在意象和象征关系的建构中彰显出想象力的出色。"在这样的夜晚，我看到星星牵着羊群/寻找草场、水源和天敌/一只饥渴的头羊在前边探路/牧人疲惫的鞭子被风吹上树梢/伸手就能挽住月光……一只羊离开了故乡，它要去何方/在一场风暴到来之前/我看到它绝望的眼睛里/蓄满了草原的苍茫和泪水"。它应了韦勒克、沃伦所说的任何作品都是作家"虚构的产物"理论，看上去，它不可谓没有真的存在方式和功能，但却不一定是实有的具象。底层视域中呈现的是"夜晚"离群的"羊"，面临即将到来的"风暴"充满

"绝望"，对这场"夜幕"下的阴谋，"星星"并未阻拦。而抒情主体"我"及其想象的投注，却使诗的结构变成了高层建筑，在底层视域之上有了象征光影的浮动，随之"夜晚""羊""风暴""星星"等每一个意象符号，也都既是自身，又不乏自身以外的形而上内涵，虚实相生，十分含蓄。也就是说，你可以认为诗写了离群的孤独之"羊"夜晚通过草原瞬间的恐惧和绝望，也可以把诗理解为对处于精神困境之中的"人"的观照，还可以做出别的解释，只要合理，随便由你。

还有不少诗人意识到诗歌文类文体存在着明显的局限性，比"此在"经验的占有，比处理复杂事体的能力，它同小说、戏剧甚至散文都不可同日而语，要想持续发展唯有借鉴其他文体的长处弥补自身的不足。于是诗人们自觉挖掘和释放细节、过程等叙述性文学因素的能量，把叙述作为改变诗和世界关系的基本手段，以缓解诗歌内敛积聚的压力。如荣荣的《和一个懒人隔空对火》，"仅仅出于想象 相隔一千公里/他摸出烟 她举起火机/夜晚同样空旷 她这边海风正疾/像是没能憋住 一朵火窜出来/一朵一心想要献身的火/那颗烟要内敛些/并不急于将烟雾与灰烬分开/那颗烟耐心地与懒人同持一个仰姿/看上去是一朵火在找一缕烟/看上去是一朵火在冒险夜奔/它就要挣脱一双手的遮挡/海风正疾 一朵孤单的火危在旦夕/小心！她赶紧敛神屏息/一朵火重回火机 他也消遁无形"。是因为海风的吹刮，还是因为手的遮挡？两个本该甚至已经擦出火花的灵魂，却在碰触的一瞬间偃旗息鼓、各自退却，看似不合逻辑的结局却暗合了现代人之间似远实近、似近却远的心理距离。该诗的魅力在于以意象言情，同时融入了其他文体技巧，如果说"烟"与"火"意象指代着男女双方，那么"海风"与"一双手"则暗喻着破坏和阻碍的力量因素，而四种意象的关系及其曲折过程、"隔空对火"细节的建立，又赋予诗某种戏剧性的效果。再如路也的《抱着白菜回家》题目本身就是一种事态，叙述更幽默俏皮，"这棵大白菜健康、茁壮、雍容/有北方之美、唐代之美/挨着它，就像挨着了大地的臀部/我抱着一棵大白菜回家……"诗歌类乎独幕剧，有一定的叙事长度，但流贯诗间的对于土地、淳朴和自然的亲近，同高档饭店、高级轿车、"穿裘皮大衣和高筒靴的女郎"对比，强化了诗人返璞归真的内心渴望，和对异化的都市文明的抵御与对抗。随着诗歌文体向其他文体的自觉扩容，在1990年代"叙事诗学"基础之上的文体互渗已为21世纪诗歌创作中的常态，很多诗人借助动作、对话、细节、场景等叙事文学的要素，使文本的有限空间获得了丰厚的包孕。

至于返璞归真的朴素文本姿态强化，在21世纪诗歌中更为普遍，它们虽然语言上不完全排除纯粹、艰深的探索，有时还在和语言的搏斗中起死回生，但是大多数诗歌都远离晦涩朦胧，不再装腔作势、拐弯抹角，而是以自然、清朗的姿态甚至是亲切说话的方式呈现出来。南云《老家》："老家　老了/老得像奶奶没牙的嘴/絮絮叨叨而又说话辛苦/老得像村口干涸的小河……父母走后/老家咋会老得这么快呢。"不能再朴素的语汇，不能再熟识的意象，不能再随意的调子，可是诗却把老家的"老"态形象地推送到了读者面前，让你无法不动容。江非的《时间简史》则以倒叙方式观照农民工的一生，"他十九岁死于一场疾病/十八岁出门打工/十七岁骑着自行车进过一趟城……他倒退着忧伤地走着/由少年变成了儿童/到一岁那年，当他在我们镇上的河埠村出生/他父亲就活了过来/活在人民公社的食堂里/走路的样子就像一个烧开水的临时工"，诗似乎离文化、知识、文采很远，可它经诗人"点化"后却有了无技巧的力量，切入了人的生命与情感旋律，逼近了乡土文化命运的悲凉实质，显示了诗人介入复杂微妙生活能力之强。长久以来，诗歌的语言和美始终是一对孪生兄弟，殊不知朴素的姿态可能更具情感的冲击力，简净快捷，直指人心。我觉得，在这种人人都拼命把自己的诗写得更像诗的氛围中，如果诗人都能亲切地说话，诗歌与诗坛就有福了，它至少会在某一方面打开诗歌生长的可能性。

三是使1990年代倡导的"个人化写作"落到了实处，暗合了诗的自由本质。诗人们很清楚21世纪诗歌整体个性的形成绝非众多个体趋同的过程，诗歌创作个人化程度日益加深的精神作业特质，使每一个体都是独立的精神存在，都有自己进入诗歌的情感形态、想象特征和话语运思方式，各臻其态。或者说21世纪诗歌的个性，就是通过诗人、诗群、诗坛在诗学风格、创作主体、生长媒体与地域色彩的各种风貌连接中体现出来的，它是多元的敞开与对话，更是纷繁因子的运动与聚合。尤其是呈现出一片个人化精神高扬的文学奇观，每个人都烙印着自己的个性痕迹。如蓝蓝近年更多的朝向现实，艾滋携带者、煤矿矿工、酒厂女工、城市农民工等，都成为她执着于当下的见证，在描绘苦难与强调悲悯的背后，是她在语言和想象之外的一份现实承担，《我的笔》中一支笔的力量，似乎能穿透现实的迷雾，直抵生活的核心。翟永明的《关于雏妓的一次报道》在雏妓不幸际遇的客观叙述中，蛰伏着诗人的愤怒之火，它是一个女性诗人对事件做出的直接反应，但又有强烈的去性别化倾向，或者说它是对一个族类的女人命运的思考，对人性和社会良心的深沉拷问，对诗人的无奈忧郁和诗歌无力的感喟。老井的《地心的戍卒》拒绝把人当作挖煤工具的书写，以特有的涵容性呈现了煤炭人的生存状态和生命过程，不仅找到了属于自己的抒情空间，具有原生态的冲击力，举重若轻，时有幽默的光芒闪烁，而且告别了以往扁平的写作模式，提供了煤炭诗摆脱逼仄狭小的可能。小西的抒情视野看似不够开阔，但挖掘得幽深别致，切口常常出人意料，《黎晓朵和她的父亲》在用词、调式、语法方面都别致新鲜。冯晏愈发知性，伊沙机智浑然如常，陈先发的诗常有小说化、戏剧化倾向，李轻松的诗讲究情感的浓度和深度，朵渔深邃沉实，杨勇的构思和意象精巧……这种自在生长的状态，在当下同质化倾向严重的诗歌时代里，保证了主体人格与艺术的独立，也构成了诗坛活力、生气和希望的基本来源，也是诗坛生态健康的表现。

如此肯定 21 世纪诗歌的"亮点"，并非是对它的完全认可。由于诗人们重建诗歌形象的方法还说不上十分得当，当下生活尚未给诗歌生长提供更多生长的可能，21 世纪诗歌没有在短期内进入人们希望的那种境地，其存在的负面价值和诸多"盲区"不容忽视。如今的诗坛看似热闹而有生气，甚至在地震事件还有一线"辉煌"的假光闪过，但所谓的"升温"和创作本身的质的飞跃构不成必然关联，实际上它的命运远未彻底地走出低谷和边缘，还透着一股内在的悲凉。

一般说来，一个时代诗歌繁荣与否的标志是看其有没有相对稳定的偶像时期和天才代表。按着这个标准去检视，人们将会痛苦地发现：21世纪的诗坛，尽管派别林立，主义如云，新星迭涌，众声喧哗；但诗与读者日渐滑向双向的疏离状态却是不可否认的现实，并且在拳头诗人的输送上还远远逊色于1980年代、1990年代的诗歌。十足的才子气后面大手笔虚位，群星闪烁而无月亮，多元并举的同义语是失却规范，许多诗人理想高远，像民间写作、知识分子写作、第三条道路、低诗歌、下半身写作、中间代等诗歌群落，均有自己很高的目标定位，可惜的是他们的创作常常在理论之后爬行，难以抵达希望的高度；尤为严重的是诗歌失却了接受层，和新闻报道、小说类的作品比较，它成了受欢迎程度最低的文学样式，不但一般的读者不再读诗、谈诗，就连高等学校至少半数以上的大学生从来就不接触诗歌，诗人自己也不再关心自身以外的诗。至于若干年前人们拥挤着争购《双桅船》，为《将军，不要这样做》《小草在歌唱》频频撼动的动人场景，早已幻化成记忆中遥远的历史神话。如今诗人头上的贵族光晕日益黯淡，诗歌在日常生活中几成可有可无的点缀，诗人们的鸣唱再也获得不了太多的青睐和掌声。

拳头诗人和经典诗作匮乏，固然来自于大众文化、学历教育和经济大潮冲击等多种因素的消极辐射，但更反证出21世纪存在着更大的隐患，即文本自身问题严重。21世纪诗歌好像患上了玄怪的命名综合征，70后写作、下半身写作、80后写作、中间代写作、垃圾派写作，你方唱罢我登场，连绵不断，频繁的代际更迭和集体命名，反映了一种求新的愿望，但也宣显出日益严重的浮躁心态，极其不利于经典的积淀和产生。诗人们或则因为艺术素质与心智的不成熟，过度张扬文化意识和生命意识，崇尚私密化写作，将个人化写作降格为小情小调的抒发，将诗异化为承载隐秘情感体验的器皿，而对有关反腐败、SARS、洪灾、地震、疾病和贫困等能够传达终极价值和人文关怀的题材却施行"搁置"，生存状态、本能状态的抚摸与书斋里的智力写作合谋，使诗难以贴近转型期国人焦灼疲惫的灵魂震荡和历史境况，为时代提供出必要的思想与精神向度，最终由自语走向了对现实世界失语的精神贫血。或标举技术性写作，走形式极端，以纯粹的技术主义操作替代诗歌本身，大搞能指滑动、零度写作、文本平面化的激进实验，把诗坛变成了各式各样的竞技实验场，使许多诗歌迷踪为一种丧失中心、不关乎生命的文本游戏与后现代拼贴，绝少和现实人生发生联系，使写作真正成了"纸上文本"。这种形式漂移，使诗人的精神显像过程缺少理性控制，生产出来的充其量是一种情思的随意漫游和缺少智性的自娱自乐，更别提什么深刻度与穿透力了。

21 世纪诗歌在发展中还存在不少亟待驱走的"拦路虎"。如艺术的泛化问题。保守估计，新世纪里至少半数以上的诗人在沿袭传统的老路，纷纷把笔触对准大海、河流、森林、太阳、星空等中国诗歌中习见的自然意象，疏于对人类的整体关怀，满足于构筑充满风花雪月和绵软格调的抒情诗；而有些功成名就的"老"诗人，越来越趋向于匠人的圆滑世故与四平八稳，诗作固然也很美，但却没有生机，精神思索的创造性微弱，属于思想的"原地踏步"，它和前一种因素遇合，注定了 21 世纪诗歌陷入现代性淡薄的困境，缺乏撼人的大气和力量。再有传播方式上潜伏着危机。不论是民刊还是网络，的确"藏龙卧虎"，但时而也是"藏污纳垢"的去处，用于坚的话说，它"最高尚纯洁""最深刻有效"，也"最恶毒下流""最浅薄无聊"，"阴阳两极被全面释放"。民刊使那些不为主流刊物认可的好诗浮出地面，但也"拔出萝卜带出泥"，好诗被发掘出来的同时，一些非诗、伪诗、垃圾诗也鱼目混珠地招摇过市。网络写作固然便捷，它增加了诗坛的平等氛围；但是"网络诗歌"的自由、低门槛和消费时代的急功近利遇合，也把它变成了"鱼龙混杂"的所在，无厘头、快餐化、段子式的拼盘铺天盖地，粗制滥造的"垃圾"、赝品充斥各个网站，游戏、狂欢的自动化倾向明显。特别是屡见不鲜的恶搞、炒作、人身攻击更使网络伦理下移，不时被某些人当作释放人性"恶"的平台。另外，有所抬头的事件化倾向也需要格外警惕。

可见，21世纪的诗歌没有"死亡"，但也没有获得"新生"。客观地说，它虽与真正的繁荣期尚有一段距离，但路向准确，成效已获初显；它开拓的独立审美与思想境域，不能说它把诗坛带入了生态最佳的发展阶段，但也不能说把诗坛引向了最差的狂躁时期；它存在一些必须消除的偏失，但也提供了一些艺术趣味和情感新质；它尽管依然"问题"纠结，但也孕育着走向成熟的可能。

获奖感言

与诗结缘，是我的幸运。她让我不谙世故，难以企及八面玲珑的成熟；但更让我的心灵单纯年轻，不被尘俗的喧嚣与烦恼所扰。她教我学会了感谢，感谢上苍，感谢生活，感谢生我养我的父母和土地，感谢那些曾经遇到、即将遇到的或亲切或温暖或美丽的名字；她教我在漫长的人生路上走得淡泊、自然而又快乐。也正因如此，当某些人在牌桌上、舞厅里和饭局中潇洒时，我则把时间交给了青灯黄卷，交给了书店与格子，以读诗、写诗、研究诗为乐，因为我知道那是我的精神家园，我必须牢牢守住的生命之根。

我更清楚，诗乃宗教，它需要付出绝对的虔诚；真正的诗人少之又少，出版诗集与诗人的称谓之间构不成一种必然的联系。所以尽管我也有过短暂的涂鸦经历，但从来不敢自诩为诗人。并且一俟青春期的心理戏剧谢幕，便知趣地退到诗门之外，逐渐转向诗歌研究，用一种"以退为进"的方式，为新诗的发展尽着自己的责任。

至于说什么批评家一类的事情，我很少考虑。我只是出于热爱，写下了一些有关诗歌的文字，有许多没有被评上的评论者比我更优秀。一切荣誉都属于诗歌！我将更加努力地关注当下的诗人、诗作和诗歌现象，写出更多的好诗，不辜负"中国当代诗歌奖"和评委、读者们的厚爱。

张立群

授奖辞

张立群的诗学研究立足于他丰厚的文学积淀，他的诗歌批评建构在广阔的知识谱系之上。他热衷于对一些诗学命题的开掘与阐释，企图以此来绘制诗歌的地理版图。他的这一努力，也是在为现代诗歌寻求文化坐标，并阐释诗人的精神源头与书写的方向。

简介

张立群，中国当代批评家、学者。1973年出生，辽宁沈阳人。2006年毕业于首都师范大学中国诗歌研究中心，师从吴思敬教授，获文学博士学位。现为辽宁大学文学院教授、博士生导师。出版《先锋的魅惑》《现代诗歌的国家主题研究》等专著共10部，在南京大学规定核心期刊上发表论文百余篇。系中国现代文学馆特邀研究员、辽宁作家协会特邀评论家，中国作家协会会员。曾获《南方文坛》年度优秀论文奖，中国当代文学研究会优秀成果奖等奖项。

"新诗地理"：一个期待深入和整合的课题

通过引入"地理"推动新诗研究，是近年来诗歌界不时涌现的话题。除了相关文章时常出现之外，各种关于省级的、代际的或者以区域冠名的诗选，也常常有意无意地涉及"地理"一词，进而为"新诗地理"的探讨提供丰富的个案。历史地看，"新诗地理"话题的出现首先与当代新诗发展的格局、认知、实践方式有关。进入 21 世纪之后，随着新诗创作在绝对数量上的增长和各地均开始重视本地的诗歌创作，以省、市乃至区域为单位的诗选逐渐呈增长态势。在此前提下，概括了解一个地区的诗歌创作实绩已逐渐演变为当地有哪些代表诗人以及产生了怎样的影响。与之相应的是，各地承办的诗会、开展各类诗歌活动以及诗歌生态主题的研讨此起彼伏；以省市、区域命名的民刊也竞相浮世，并常以"诗歌高地""诗歌专辑""诗歌大展"等形式合力打造本地的诗歌品牌。上述现象就当代诗歌发展而言，是在主客观上强化了区域化的格局及其认知逻辑，并由此为新的认知视点的诞生带来了契机。其次，空间化思维模式的生成、实践和新诗研究的互动也对"新诗与地理"课题的诞生起到重要的推动作用。空间化思维模式的生成与空间理论的传播及接受特别是网络技术对现实生活的影响密不可分。空间化思维一改以往研究中人们习惯的线性化、平面化的逻辑，既适应了全球化时代的文化视野，也符合当代社会生活和个体日常生活的实际。人们开始尝试以立体的视角去审视周边的一切，并以此发现了城市建筑设计、个体私人空间与文学创作之间存在的关联。空间化的逻辑思维不仅使人们发现了诗歌与地理之间的关系，而且还让人们学会使用地理学名词去分析诗歌创作过程中的结构与层次。由此回顾一度风行的"底层写作""打工诗歌"和如今已成为习惯称谓的"代际写作"等，它们或是从社会生活结构、写作者身份，或是从年代地质构造角度理解、阐释当代诗歌发展趋势的策略，都为"新诗与地理"话题的出现提供了种种思路。而此时，"地理"一词本身也不仅仅是一门学科，它还兼具文化的属性，并可以作为一个形象的说法来印证这个空间化的时代。其三，新诗研究的内在需求，也使"新诗地理"成为可能。"新诗地理"就字面上看虽涉及新诗与地理两个方面，但究其本质，仍属新诗研究领域的一次拓展并与新诗研究不断寻找新的生长点的本质化需求密不可分。当代新诗研究经历 20 世纪 80 年代的复苏、90 年代的发展，已经取得了丰硕的成果、积累了丰富的经验，但与此同时也应当看到的是，当代新诗研究的持续增长、从业者甚多，其实也在客观上对研究特别是创新方面形成巨大的压力，而新诗研究在不断强化个案批评、现象研究和文学史书写等"基础研究"的同时，通过跨学科的互动与融合，便成为一种全新的、有效的研究方式。是以，在结合当代诗歌生产、消费、实践活动和适应当代生活变化的背景下，"新诗地理"的应运而生便不会让人感到意外。需要补充的是，以上在创作、观念和研究本身上促进"新诗地理"出现的三个主要方面，在实际展开时其实并没有所谓的主次之分，它们是以共时性的方式共同拓展出"新诗地理"的论域，并与当代的网络技术、阅读传播有效地结合在一起，而网络技术在深刻影响人们日常生活面貌和当代诗歌传播的过程中，又在很多方面深化并推动了人们对于"新诗地理"的接受与认知，并以此凸显了"新诗地理"问题的复杂性、多样性以及内在的差异性。

"新诗地理"的话题虽已日渐受到关注，但就目前的状况来看，仍存在流于表面、不成规模的现象。或许是出于晚近的缘故，"新诗地理"的言说大多停留在就现象谈现象的层面，或是采用追溯历史、古今对照的方式，论证其相应的合理性；或是仅着眼于区域或选本的视域、画地为牢。地理环境（包括自然的和社会生活的）当然会影响当地的诗歌创作，而诗歌也可以通过创作反映、表现身边熟悉的地理环境，但在这些表层现象的背后，如何从文化、生存的角度探究其内在的逻辑，恐怕才是"新诗地理"问题向纵深发展并形成相应的体系的必要的角度。与简单证明"新诗地理"的有无相比，究竟有怎样的关联、如何关联且为何在当下成为一个课题显然更为重要。

"新诗地理"在具体展开过程中至少包括"新诗与地理的关系"和"新诗的地理问题"两个主要方面。"地理"一词尽管广阔无边，但由于我们是从新诗研究的角度谈论"地理"，所以，其言说对象应当是具体而生动的。由此回顾新诗的历史：从刘半农、俞平伯都曾关注过的以民歌、山歌为代表的歌谣化创作到现代派诗歌与 20 世纪 30 年代上海的关系；从 20 世纪 80 年代初期的"西部诗"到"第三代诗歌"浪潮的出场形式特别是因此而备受诗坛关注的"四川诗人群""海上诗群"等，都可以通过"新诗地理"的角度加以重述。进入 21 世纪之后，网络诗歌、代际写作、底层写作、打工诗歌等纷繁现象的浮现，客观上更要求人们找寻一种合理的言说方式，将这些晚近的诗歌现象置于一个共同的平台。此时，从"空间""地质构造""文化身份"的角度使用"地理"一词，其实是在很大程度上采用了"地理"的比喻义乃至转喻义，并使其在具体应用的过程中由平面视角走向了立体的空间视域。结合"新诗地理"的历史发展脉络，我们应当看到：相对于持续发展、变动不居的新诗创作来说，人们对于地理内涵的认知也是一个不断变化的过程。两者在各自发展的过程中于近年找到了"交汇点"，这既是"新诗地理"出现的时代性，也预示了其本身存在的必要性和合理性，并理当成为我们谈论"新诗地理"的逻辑起点。

无论从诞生的语境，还是创新角度，"新诗地理"都是一个实践性很强的课题，同时也必将是一个动态发展的课题。事实上，"地理"作为外部的生存环境，一直潜移默化地影响着人们的日常生活和社会活动。诗人需要写自己熟悉的生活，也唯有通过写自己熟悉的生活、完成经验的再现和诗意的想象，才能达到艺术的深度与高度。这种简单的因果关系只是因为其已成为我们生活中最平常的部分以及此前一直没有找到适当的"契机"，因此被长期忽视。探讨"新诗地理"，不管是着眼新诗与地理的关系，还是新诗中的地理问题，都不应当停留在简单叠加、机械比附与决定的层面。"新诗地理"应当在密切关注当下诗歌创作的同时，看到新诗在这一方面的发展前景。"新诗地理"当然要结合以往的诗歌现象，整合其相关的经验资源，但由于其诞生年代的诗歌发表、阅读、传播以及人们的思维方式都发生了不同以往的变化，所以，"新诗地理"的阐释更应当从当前的创作、生活经验和理论上寻找生长点，进而不断激活自身的研究领域。

"新诗地理"作为一次全新的探索，应当有自身内在的结构层次和具体的言说方式。立足于新诗的发展史，"新诗地理"至少可以从"历史与现实""平面到立体""现象至理论"三方面建构自己的整体框架。而在具体展开的过程中，地域、流派、诗歌活动和网络、代际、空间、主题、诗人身份与创作观念等都是其重要的切入点。当然，上述几方面在历史跨度、作品数量上是不平衡的，其理论背景、言说方式也有很大不同。为此，我们必须始终秉持"新诗地理"的主线，进行相应的界定。唯其如此，在具体言说时才会避免边界模糊、概念泛化、逻辑混乱，前后无法协调统一的问题。

"新诗地理"作为"文学地理"和更为广阔的"文化地理"的一个分支，不仅可以深化、推动新诗的研究，还可以在触类旁通、举一反三的过程中促进相关学科的发展。如果将视野进一步扩大，我们完全可以在已有的"一带一路与新诗"的话题中发现其现实的意义和价值："新诗地理"同样肩负着文化交流与文化形象建构的使命，而我们为此所要展开的实践才刚刚开始。

获奖感言

尊敬的评委会、各位朋友：

非常感谢能够有幸获得本届批评奖。中国当代诗歌奖既有评委会投票，也将网络投票记录在内，充分显示了其公开、公正、透明和网络性、公众性、学术性相结合的原则，同时也显示其符合时代性和现实性的宽泛而广博的评判精神。我将此次获奖视为一种肯定、一次鼓励，并真诚地希望有更多的朋友参与进来，从而使这个诗歌奖项被更多人所熟知并不断走向繁荣。

再次感谢今天到会的嘉宾，同时也向同期获奖的各位朋友表示我诚挚的祝贺！

中国当代诗歌奖(2017—2018)批评奖

卢　辉

授奖辞

卢辉沉迷于在诗人与批评家的不同角色中的自由穿梭，在两者之间进行身份的游移和转换。他敏感于对各种诗歌现象的发现与命名，在与作品和作者的博弈中，对隐藏在诗歌内部的某种隐晦的真相予以指认，并完成对自我诗学风格的确证。

简介

卢辉，中国当代诗人、批评家。福建人。媒体人，高级编辑。中国作家协会会员，中国文艺评论家协会会员，三明学院兼职教授，编著《中国好诗歌》。主要著作《卢辉诗选》《诗歌的见证与辩解》等。诗歌、诗论散见境内外各大刊物和年度选本。获得福建省政府文艺百花奖、第三届"诗探索·中国诗歌发现奖"、第三届中国天津诗歌奖、中国（海宁）徐志摩微诗歌奖、《江南》杂志"奔马奖"、香港诗网络诗歌奖、中国广播影视大奖等，现居三明。

新诗百年："说诗歌"成为主打的诗歌生态圈

随着以博客、微博、微信以及智能手机 App 应用为代表的自媒体平台以及"诗歌大道""地铁诗歌""诗歌墙"等一些公共场所诗歌视觉传播的快速兴盛，由诗歌作者、诗歌编辑、文学期刊、文学出版、文学传播、文化策展等构成的诗歌生态发生了很大的改变，衍生出以"说诗歌"为主打的诗歌生态圈。

以诗歌小品或诗歌段子来"说诗歌"

自媒体诞生之前，文学作品进入公众视野除了要经过期刊和出版编辑的层层遴选，还受到创作潮流、市场销量等多种因素的制约。而如今，通过各种自媒体，大量写作者拥有了崭新的发表和出版平台，他们借助新兴电子媒介发表作品、收获读者、自我经营，以诗歌小品或诗歌段子来"说诗歌"的样态出现在当下诗坛：嬉笑怒骂、愤青雅趣、天南地北、古今中外的"杂糅"现实之笔法，使阳春白雪的"硬"诗歌转向为下里巴人的"软"诗歌。比如，颜小鲁的类似于诗歌小品的《安全月》："我想/如果我们/用标语、横幅/把地球/里三层/外三层/包了起来/地球一定/会安安全全"，用如此简约、白描的"说诗歌"来折射社会意识形态的弊端，这是对当下形式主义绵里藏针式的鞭策，这便是"说诗歌"的反讽力量！比如浪行天下类似于诗歌段子的《拆迁外传》："显然，左胸狭窄的办公所在，已不能/适应心脏的身份，也不符合时代发展的潮流/——夜里，有人对我发号施令/拆迁势在必行。从凌晨起/众多机械，轰隆隆进驻我的体内"，以荒诞的诗歌段子的技法来直击当下，尤其是以人的五脏六腑来演绎并诗化"拆迁外传"，这着实让人眼前一亮。从文学史的角度而言，但凡属于"外传"的事态仿佛都属于"坊间"野史，偏偏就是这样类似于"坊间"的野史用"说诗歌"的方式，给人以"新奇感"和"亲切感"，因为它少了很多史料性的肃穆与严谨，增添了主观性的"话语权"。比如，张广福类似于诗歌"无厘头"的《蜗居》："前日他们带我去拍CT/把我的骨头从肉里剔了出来/在黑白分明的胶片上/我看清了自己的胸骨和锁骨/在我的心所在的部位/我的肋骨为它营造的窝/令我尴尬：它确实不如我预想的宽敞"。读他的诗，你总会有一种畅快的"说诗歌"的快感，一种"无厘头式"的快感。这样的诗，辛辣里"辣"得有板有眼，"辛"得有滋有味。说到这里，我觉得诗歌真的不是那种曲高和寡的东西，真的不是那种"写"出来的东西，而是你的言谈的"投影"、禀赋的"惯性"、品格的"外延"而融渗出来的"符号"，张广福的诗就是这样给"融渗"出来的。

以"过滤"现实来"说诗歌"

自媒体的出现对诗歌生态产生了不可忽视的影响。尤其是"为你读诗""读首诗再睡觉""诗歌是一束光"等数百个诗歌微信平台的出现，对诗歌的大众化、"流行化"以及审美的多元化所起到的作用不容小觑，诗歌正从圈子里的创作和阅读走进普通人的生活，由于诗歌的短小与微信平台十分配搭，加上微信平台对诗歌符号驾轻就熟的小包装、小点缀，使诗歌至少在视觉上"流行"起来了。而能够流行起来的诗歌，则大多是"说诗歌"的式样，这些诗歌对现实的"过滤"法：既不一味地以"精神吸附"为磁力，也不简单的以现实的"毛坯"为质地，而是侧重对现实"过滤"之时的摩擦与渗透。这种"过滤"法所呈现的是作者渐次打开的那些近在眼前、远在天边的"第二现实"。以毛子的诗歌《独处》为例。毛子"过滤"现实的能力特强："河边提水的人，把一条大河/饲养在水桶中"、"某些时刻，月亮也爬进来/他吃惊于这么容易/就养活了一个孤独的物种"。在诗中，大河饲养在水桶中、水桶养活了一个孤独的物种（月亮），你不得不佩服毛子对现实特强且特别的"过滤"能力，他没有一味地追求对现实"过滤"之时那种完美的诗意晶体和厚实的精神沉积，而是重在还原自己在"过滤"现实之时的"说诗"状态，而不是诗意结果。比如陈衍强的《向狗致敬》："我最近回老家看父母/看见它向我点头我就想流泪/因为我远离父母/内心荒芜/是它在冷清得如坟地的山村/陪伴我年迈的父母/仿佛我的投错娘胎的亲兄弟"。陈衍强的诗对现实的"过滤"类似于诗歌化的"杂文"，他的那些看似唠叨的情感碎语，类似于家长里短的聊天。他的"说诗歌"常常是出其不意，一针见血，尤其是这首颠覆、反制、瓦解、自责的"说"诗，仿佛一下子将狗推到"万物灵长"的位次，而"人"则退而求其次，自觉的接受"向狗致敬"的道德理念，诚恳的接受古往今来纲常伦理的"拷问"！

以虚拟的"事件"来"说诗歌"

技术革命的崛起，宣告了新媒体时代的来临。亦真亦幻的视觉画面、触手可得的新闻资讯、交融互动的个人体验无疑大大更新了受众的认知方式和思维模式，更具颠覆性的则是原本处于被动接受一端的受众一跃成为信息传播的主动者和发起者。随着细碎、密集、互联、流畅、廓大的虚拟世界的建立，那么多含混的影像、位移的即景、浮沉的情状、跳动的心绪要变成虚拟的"事件"，这得仰仗诗人"说诗歌"的应变能力。说到这个分上，我特别要说的是诗人江非，以他的诗歌《我死在了博物馆》为例。读江非的诗，你一定要放弃诗歌意义"数值"的判断，否则，你将无法享受到他的诗歌为你带来的：无史不成诗，无诗不成史的"诗歌大观园"："我死在了博物馆/我走在去博物馆的路上/我的嘴里含着玻璃/和玻璃这个词/我想起了波兰/我不懂波兰语/也不懂希伯来语/我看见叶子是扁平的/时间是五点半/满眼都是送信的人/雨滴/我经过了一张黑白海报/我想起了黑色的洞口/黑色的果核/我想不起街道的名字/我不知道我是在哪里"。在江非的诗行里，你看到的俨然都是一些恍惚、含混、驳杂、骚动、迷离、跳跃的史迹与心性、即景与幻念的时空交错，让我们逼真地看到了"死而复活"的"历史"原来与我们挨得这么近。比如赵明舒的类似于虚拟的事件的《臆想中的火车》："这些民工从没见过火车/只知道火车开得很快/他们拼命地往前铺（铁轨）/他们担心/被一列火车追上"。一次臆想中的"铺铁轨"，把市井百态中"愚化"的境遇与心态"说"得如此惟妙惟肖的诗歌还真不多见。这首诗以臆想反衬现实，以嬉戏反衬痛感，在看似"荒诞"的"说"诗里，诗人为我们拉开了一幕最底层百姓的"众生相"。

以情感的"保有量"来"说诗歌"

自媒体时代，人类拥有太多的碎片时间，世相的繁复、资讯的混杂、情绪的浮泛恰恰需要情感的"保有量"来支配碎片化的时间，好的诗歌恰恰具有这一力量。"说诗歌"这种短促而精准、上口而雅致的式样，最适合作为变废为宝的工具，协助热爱阅读的人，把碎片时间转化为绵延时态。在当下诗坛，消费"诗歌事件"往往能够搅动诗歌的"局面"，而真正"诗歌生态"的"生态"消费的多与寡，却少有人问津。那么，如何维持诗歌生态核心区"生态"消费的"保有量"则成了消费诗歌重中之重的一环，如何让诗歌写作的情愫、情态、情状、情势不至于成为"稀缺品"，这是每一位有担当的诗人必须面对的问题。以余秀华的诗歌为例，当她的"睡"诗"睡"遍大半个中国的时候，而她的《一包麦子》却少有人问津，这是自媒体时代留给我们的"二极世界"。为何人人消费"诗歌事件"往往能够搅动诗歌的"局面"，而真正"诗歌生态"的"生态"消费的多与寡，却少有人问津？这正是因为我们这个时代需要思考的问题。那么，余秀华的《一包麦子》最经典的一"说"："其实我知道，父亲到 90 岁也不会有白发/他有残疾的女儿，要高考的孙子/他有白头发/也不敢生出来啊"就衍生出值得我们思考的个案。"他有白头发/也不敢生出来啊"这是余秀华"说诗歌"里最经典的一句诗。是的，白发，千百年被许多文人墨客当作最飘逸、最洒脱的"文化遗存"，偏偏在时过境迁的当下，余秀华却反其道而行之，不给"白发"以阳春白雪式的"夸饰"，执意呈现"白发"那种下里巴人的年龄表征和岁月沧桑。与此同时，在叙述成为当下诗歌写作"压倒性"或"一边倒"的言说方式的主导下，诗歌的"情感生态"往往成了消费诗歌的"稀缺品"，如何改变这一"单向"的诗歌写作走势，纯子的诗歌多少让我看到一点"亮光"。近期读到纯子带有情感肤色、情感脉动、情感声息的《旧相好》，在这个"寡情"的年代着实让人为之动容："这三棵树少得不能再少了/风吹不动，雨淋无声/看上去死了一般。让人想拿刀子/从那儿挖出一个寄存的灵魂"。纯子的诗，她要留给我们的"旧相好"是什么？是环环相扣的情愫、情态、情状、情势的"感情生态链"，这多少应验了"情到深处人孤独"的恒久咏叹！还有吉葡乐的《说话》："太阳在天上照着/到处是影子/太阳用它的光芒在说话/太阳的话很多/有亮的/有不亮的。"这首诗的迷人之处在于"说"这一个字，这一"说"把这首诗的"绕"题之情味、韵味和盘托出！可以说：一个成年人能把看似童谣、童趣、童话中的那些稚气、情趣"绕"得如此"脱脂"而"干练"实属不易，删繁就简，简而不浅。

以诗歌的"底线"来"说诗歌"

自媒体时代，诗歌通过各种传播平台，借助不断攀升的粉丝数和订阅数，似乎正在变为"大众的诗"。一个时间以来，一些媒体、部分评论家以"诗歌盛世"来喻之，我以为这都是粉饰太平"玩噱头"的一种腔调。众所周知，诗歌的"公共性"说的就是诗歌易于被公众所接受和共享的传播方式，它的特点是传播的"形式感"特强，并与当下生活常态紧密相连。比如在诗界出现的"诗歌大道""地铁诗歌""诗歌墙"，等等，很显然，这种"形式感"特强的传播方式是想唤起大众对诗歌的注意度，良苦用心可见一斑，这也体现了一批有担当的、有胆识的诗人捍卫诗歌尊严的力道所在。但问题是这种"治标不治本"的唤醒，大众往往垂青并沉湎于形式的庄重也好、朴实也罢，往往忽略了诗歌自身的东西。为此，我今天所要讲的是"公共性"的诗歌，而不是诗歌的"公共性"。谈到"公共性"的诗歌自然要谈到诗歌底线的问题。从高度，从极致，从品质来说，唐诗宋词是最好的"公共性"的诗歌，因为它首先具备可读、可感、可思的诗歌底线，千百年来它作为诗歌的"坐标"，不仅入心入耳，而且进入我们的生活。如今，要想具备高品质的"公共性"的新诗，就必须具备可读、可感、可思的诗歌底线。说"可读"，情韵是一个拐点，情势也是一种节奏；说"可感"，情态是一个空间，世相又是一种空间；说"可思"，"我在"是一次发现，"我思"又是一种牵引。"公共性"诗歌要的就是这样的可读、可感、可思的诗歌底线，才能让诗歌真正走向大众。可惜的是，由于当下诗坛"同质化"现象严重，"叙述"几乎成为进入诗坛的"敲门砖"，而"叙述"的滥用使得一些诗作变得琐碎而乏味，尤其表现在不少诗歌刊物把"叙述"作为发表与否的"底线"标准，造成小刊看大刊，民刊看官刊的雷同化的效仿"标准"。试想一想，若许多诗歌刊物只有一个面孔这不是诗歌的取向。因为"叙述"光靠社会底层生态全息性还原还不够，还要善于打开遮蔽在常态生存中不会轻易显形的图像，叙事中要有智力的机锋和精微的细节力量。诗写者、编者乃至刊物要从"叙述"这个互仿性很强的"公共面貌"中游离出来，让诗成为陌生而独立的标本，真正具备卓越的创生能力，这才是自媒体时代诗歌良性生长的生态圈。

获奖感言

　　第五届中国当代诗歌奖尘埃落定，能与罗振亚、张立群两位老师一同进入批评奖榜单，我感到很荣幸，特别感谢组委会和广大诗友对我的厚爱和关注。从 2002 年起，以"卢辉点诗"命名的栏目就不断出现在各大官方网站、微信博客、报纸杂志。我深深知道，诗歌点评工作是一项琐碎、繁杂的精神劳作。然而，每当遇上一首好诗，不但眼前一亮，我还会像一个"淘金者"，少不了精神的贪婪与满足，正是在这样的心境支配下，我把每一篇赏析文都按照"艺品"来写，尽量使之不学究、不艰深、不高蹈、不走样，呈现出不一样现实图景、时代本相和灵魂刻度。或许，组委会和广大诗友正是看到了我这个"诗歌义工"的辛劳和艰苦，才给了我这份沉甸甸的荣誉，意在鼓励我继续当好"诗歌义工"。

当下，大量诗人借助新兴电子媒介发表作品，收获读者，自我经营，特别是以"说诗歌"的原创作品大量出现在当代诗坛。在这样的节骨眼上，作为一名诗人兼点评人的我，如何协助热爱诗歌阅读的人们，把碎片时间转化为绵延时态，把浮躁而紧张的现实生活转化为殷实而灵动的精神生活，这是我继续当好"诗歌义工"的动力。借此机会，也请各位老师和诗歌同人对我编著的第二本《中国好诗歌》（赏析集）继续给予批评和关注。

再次感谢组委会和广大诗友，特别致谢为获奖者备厚礼的中国当代著名画家、书法家余德水先生。

马永波

授奖辞

马永波致力于诗歌的创作与翻译，他的翻译完成了诗歌在不同文化语境、不同语言之间的转换。他在自己的诗歌中进行自我言说，作为译者，他又借助他者进行言说，从而丰富了他诗歌的质地和声音。在语言之河的两岸之间，他要做一个恪尽职守的摆渡人。

简介

马永波，中国当代诗人、翻译家。1964年生于伊春，文艺学博士后，《读者》签约作家，1993年出席第11届青春诗会，曾获20世纪90年代十大先锋诗人称号，西安交通大学杰出校友，西安交大校友文学联合会会长，东北诗歌研究会会长，江苏当代诗学研究会副会长，《东三省诗歌年鉴》《汉语地域诗歌年鉴》《流放地》《中西现当代诗学微信平台》主编。1980年起开始文学创作，1986年迄今共发表诗歌、散文、评论及翻译作品八百多万字。20世纪80年代末致力于西方现当代文学的翻译与研究，系英美后现代主义诗歌的主要翻译家和研究者。出版著译

《1940 年后的美国诗歌》《1950 年后的美国诗歌》《1970 年后的美国诗歌》《英国当代诗选》《约翰·阿什贝利诗选》《诗人眼中的画家》《词语中的旅行》《树篱上的雪》《惠特曼散文选》《四季随笔》《白鲸》《史蒂文斯诗文录》《自我的地理学》等 70 余部。现任教于南京理工大学诗学研究中心，主要学术方向为中西现代诗学、后现代文艺思潮、生态批评。

诗选

Kafka

Evening，It started raining

Kafka's grey coat

Darkened its colour

Walking stick sank into the mud

Darkness in his eyes

Made smile lines of years ago rising

He passed the railway bridge

to greet a girl

Heavy fog veiled everything

He was old now，otherwise

he wouldn't smile at people in this way

It's raining，Drops rolling down his collars

splashing patches of islands in his heart

Writing is useless

He knew the fog was to fade away

Then he would sit down and rest

Several insects on a flower

Glittering，whispering

卡夫卡

傍晚，开始下雨了

卡夫卡的灰呢大衣

颜色更深了

手杖陷在污泥里

眼眶中的黑暗

浮现许多年前的笑纹

他走过铁路桥

向一个女孩子问好

浓雾很快就遮去了一切

他老了，否则不会这样对人微笑

雨在下，水珠从衣领上滚落

在他心里溅起一片片岛屿

写作是没有用的了

他知道雾会散去

那时他将坐下来休息

几只昆虫在一朵花上

闪闪发光，细声曼语

To young poets

I write down my poems at the same speed as I forget them

I am caring about you no more，please forgive my death

On life, I can teach you nothing

As to poetry, I consider them as memory

mere memory, memory about memory

copies of the brain, a spider web of words

The so called reality is but shining dews on it

So to make poetry lifelike

or to make life poetrylike are equally risky

the former may fall into prose

while the latter sacrifice to history

a few beautiful corpses (evidence provided at inquiry)

As may be the case

you should have lived but didn't

should have gained happy but didn't

and turned out empty handed

don't count on love lack of sleep

black eyed, make poetry loose boned

and develop a lazy habit of body,

it's a shame to get too fat

(poems are like birds

With bones light in weight)

no need to show sympathy to the elders,

death will welcome them.

kiss more and as long as possible

when your lips are fresh

just avoid biting into each other,

you must learn to keep energy

for creative night—because

writing is fighting against death

for things that are constantly perishing

致青年诗人

我以忘记的速度写下诗歌

我不再关心你们，请原谅我的死亡

关于生活我没有什么可以教给你们

至于诗歌，我把它当作回忆

仅仅是回忆，是回忆的回忆

是对大脑的抄写，一张

词语结成的蛛网，所谓现实

只不过是网上露水的闪光

因此，将诗歌人生化或者

将人生诗歌化，都是危险的

前者会堕落为散文，而后者

则往往奉献给历史，几具漂亮的

尸体（这有实例可考）

本来可以生活的却没有生活

本来可以幸福的却两手空空

不要指望缺少睡眠的爱情

她眼圈发黑，使诗歌骨质疏松

培养肉体懒惰的习惯，使它可耻地发胖

（诗像鸟，与骨骼轻盈有关）

也不要同情那些老人，死亡会

收留他们。趁着嘴唇还鲜艳、柔软

亲吻吧，能吻多久便吻多久

只是别变成撕咬。要学会保存体力

给创造性的夜晚——因为

诗是与死亡搏斗，与时间争夺

正在消逝的事物……

Her Face Is A Tender Nest

Late at night he's helping her drag a bed sheet

From a big washing basin, twist it into a thick rope

As with fried twist, clear water stream tapering off

flowing back to the basin while they seem to be wrestling

Then each hold onto one end of the bed sheet

Stretch and shake hardly, the wet cloth

gives out dull flaps like sails

The wrinkles from squeeze are loosened

Filling the room with cool whistling breezes

Shivering candle light seems to go out, refresh again

He felt the waves of tension from the tightened bed sheet

Come round after round from her side

He must to keep pace with her, make the strength of two ends

Sending to the middle wave after wave, where

they collide and give off whipping sound

He's to hold firm to the ground so as not to be pulled over

Now she folds her end towards his

Approaching him along, her hands touching his

Cold and strong, the fresh breath of the bed sheet

Flood onto his face while her face

Emerges from the severe darkness

Resuming his smiling mother at her youth

She puts the two ends together at last

Now his hands are left empty but the tension

Has not disappear，turning into some kind of protection

Some ceremony，her face，weary and pensive

drifting towards him time after time，silent and tender

她的脸是温柔的巢穴

深夜，他帮她把大洗衣盆里的床单

捞出来，像拧麻花似的拧成一根

粗大的绳子，干净的水由多到少

流到盆子里，他们似乎在较量

然后，他们各自抓住床单两端

抻开，用力地抖动，潮湿的布

沉重地发出船帆一般的拍打声

那些拧出的皱褶被逐渐抖散

满屋子都是凉爽的风声

颤抖的烛光似要熄灭，又复活

他感觉到床单绷紧的张力

一阵阵从她那端传过来

他必须与她同步，让两端的力量

一波波传送到中间，在那里

碰撞在一起，发出啪啪的声响

他竭力扎住脚步，才不会被扯过去

她把自己的这端向他折叠过来

她随之走近，她的手碰到他的

冰凉而有力，床单清新的气息

涌到他的脸上，她的脸

也从严厉的黑暗中涌现出来

恢复成他笑意盈盈年轻的母亲

她把床单两端终于合在了一起

他的手空了，但是那股张力

依然没有消失，它变成了某种保护

某种仪式，她疲惫而沉思的脸

一次次向他涌过来，沉默而温柔

获奖感言

　　首先感谢评委会的厚爱，或许也是错爱，因为翻译之于我，仅仅是一种学术兴趣，是开阔视野，为自己的写作服务的。我在生活中是个沉默寡言的人，故而，我写作是想用文字替我说话；我翻译，是想看看别人说些什么；我评论，是想看看别人怎么说话。三者都是围绕着说话进行的。至于翻译的作用，很多学者和著作都已经说得够多够透彻了，比如引进新鲜思想、形象、构词法，等等，乃至改变我们固有的甚至僵化的致思方式，这些都是很明显也很宏大叙事的，我从不说这些。我的翻译更多的是实践，正如拳法，说得天花乱坠那没用，动手试试，把对手干趴下，就是厉害，别的，少来。应该感谢翻译，1981 年从大学课堂上开始尝试译诗，至今已经 37 年，大批量的翻译，则是从 1989 年开始，的确是无心插柳的事情。我不想把这个手艺活说得如何玄秘，它只是一个细读的过程，在理解原文的同时，用另一种语言记录下来，如此而已。记录下来，我们就能更深地理解对方，不然记不住，也会看过即忘。客观地说，英美后现代诗歌进入汉语，并在 20 世纪 90 年代至今产生广泛影响，改变了汉语诗歌的进程，其中，我确实做了大量踏实的工作，也许是量最大、影响最大的，这一点，不用妄自菲薄，对自己，我们也要学会客观化地对待，是怎样就怎样。我最感谢翻译的一点在于，它使我镇静，使我数十年如一日地安静沉稳，沉潜于语言本身的乐趣之中，忘记了周遭，忘记了江湖，忘记了自我，忘记到时间也恍惚起来。就这样，我生命的小船，又渡过了重重波涛，如果没有这种需要超人耐心和定力的手艺活的支撑，如果我突然被世界惊醒，我想，我会像一个沉入深海的水手，他惊醒之时，就是灭顶之日。再次感谢评委会和广大读者诸君的厚爱，我当继续沉浸，并分享我在潜水过程中发现的珍奇异宝或是锈迹斑斑的文明碎片。谢谢，我的读者，我亲爱又残忍的刽子手们，我爱你们。

李以亮

授奖辞

翻译关涉一个人的审美趣味和语言风格,李以亮的翻译是一种彼此认同和相互投契。他努力把在翻译中失落的部分追讨回来,同时,他还在不同的语言中发现了共同的精神栖所与诗意归宿。

简介

李以亮,中国当代诗人、翻译家。1966 年生于湖北,1987 年大学毕业。写作诗歌、随笔,翻译欧美多家诗歌、散文作品,作品散见于相关专业期刊。出版诗集《逆行》,译集《波兰现代诗选》《无止境——扎加耶夫斯基诗选》《捍卫热情》等。曾获得第二届"宇龙诗歌奖""后天"诗歌翻译奖、首都师范大学诗探索奖"诗歌翻译奖"、第二届"宇龙诗歌奖""后天"诗歌翻译奖等。现居武汉。

哈丽娜·波希维亚托夫斯卡诗选（波兰）

永恒的终曲

我向你许诺过天堂
那是一个谎言
因为我将带你到了地狱
进入血红——进入痛苦

我们将不会走在伊甸园
或透过栅栏，窥望
盛开的大丽花和风信子
我们——将在魔鬼的
宫殿门前，躺下

我们由黑暗的音节组成的翅膀
将如天使一样沙沙作响
我们将唱一首
简单的人类之爱的歌曲

在路灯的闪烁里
在闪亮的那边
我们将亲吻

我们将互道晚安
我们将入睡

在早晨，守夜人将从油漆
剥落的长凳，跑向我们
并讨厌地大笑
他会用手，指着苹果树下
坠落的果核

一个提醒

如果你死了
我不会穿淡紫的衣服
我不会买彩饰的花环
风中低语的缎带
不
不要那些

一辆灵车会到来——就那样
一辆灵车会离开——就那样
我将站在窗边——看着
我挥动我的手
我挥动围巾
向你道别
独自站在这个窗口

在夏日的时光
在疯狂的五月
我将躺在草地

温暖的草地

我会抚摸你的头发

轻吻蜜蜂的绒毛

——刺人而可爱

像你的微笑

像暮色

然后，会有

银色的——也许是

金黄的，或红色的

晚霞

微风

对青草无休止地低语着

爱情——爱情

让我不愿起身

离开

你知道的，离开——意味着

回到我那该死的空屋

"我寻找你，在猫的绒毛里……"

我寻找你，在猫的绒毛里

在雨滴里

在篱笆桩上

我背靠栅栏

太阳——旋转

——一只苍蝇，落入蜘蛛网

我等待着……

论麻雀

麻雀是最高的天主教徒
相信一切
相信太阳下的幻象
相信枯干的树叶
从不说谎
不偷盗
不啄食地上的豌豆
当一切转绿的时候
在温暖、敏感的三月
它们不叽叽喳喳
不在栅栏上飞行
允许自己
被虎斑猫的利爪抓住
像受折磨的圣人死去
以最深的勇气
为其未遂的罪而死去
这就是为什么，在圣诞之夜
只有麻雀，而非他物
优雅地行走在最高的圣诞树上
啊，它们在哭泣

爱情是什么

一场攫住小屋的大火——以一个醉汉的
吻点燃屋顶的稻草。
一道闪电——喜欢高大的树木——被囚于

公寓的水——被自由与饥饿的风

释放。

一棵松树的长发——被风之手指爱抚——构成

一首疯狂感激的歌曲。

一个女人溺毙的头——她在水里轻轻

张开手指——对死去的太阳微笑。

她被拖上岸——久久地哭泣，直到悲伤的人们

把她放到地上，才会干透。

一场大火。

"你说：晚上我来找你……"

你说：晚上我来找你，你像

一只蜷曲着入睡的温暖的猫。

我整个夜晚都在等你。

我将嘴压进枕头，我扎起头发，

在光滑的床单上它有着枯叶的颜色。

我的手陷进黑暗，手指环绕着

寂静的树枝。鸟儿睡了。繁星

不能在厚重的云层上飞翔。夜

在我体内一分一秒地——生长——

红色的血小心地跳动着。

从紧闭的窗口，一轮冷月

缓慢、蹑手蹑脚地走了进来。

程一身

授奖辞

程一身在诗歌翻译中体验着再创造的快感与再度分娩过程中的苦痛，经受着贬值和增值的考验。借助翻译，他力图丰富现代汉语诗歌的语言特质与表达效果，在全球化的时代缔造多元共生的诗学风格和文化精神。

简介

程一身，中国当代诗人、翻译家。本名肖学周。河南人。著有诗集《北大十四行》；中国传统文化研究三部曲《中国人的身体观念》《权力的旋流》《理解父亲》；专著《朱光潜诗歌美学引论》《朱光潜评传》《为新诗赋形》；主编"新诗经典"丛书；译著《白鹭》（德里克·沃尔科特诗集）、《坐在你身边看云》（费尔南多·佩索阿诗文集）、《欧洲故土》（切斯瓦夫·米沃什回忆录）。组诗《北大十四行》获北京大学第一届"我们"文学奖。

白鹭（8 首选 3 首）

德里克·沃尔科特　著

1

细察时间的光，看它经过多久
让清晨的影子拉长在草地上
让潜行的白鹭扭动它们的喙与颈
当你，不是它们，或你和它们，已消失；
因为嘈杂的鹦鹉在日出时发动它们的舰队
因为四月点燃非洲的紫罗兰
在这个鼓声隆隆的世界里它让你疲惫的眼睛突然潮湿
在两个模糊的晶状体后面，日升，日落，
糖尿病在静静地肆虐。
接受这一切，用相称的句子，
用镶嵌每个诗节的雕塑般的结构；
学习明亮的草地如何不设防御
应对白鹭尖利的提问和夜的回答。

6

圣诞周过了一半，我还不曾看见它们，
那些白鹭，没有人告诉我它们为什么消失了，

但此刻它们随这场雨返回，橙黄的喙，
粉红的腿，尖尖的头，回到草地上
过去它们常常在这里沐浴圣克鲁斯山谷
清澈无尽的雨丝，下雨时，雨珠不断落在
雪松上，直到它使旷野一片模糊。
这些白鹭拥有瀑布的颜色，云的
颜色。有些朋友，我已所剩不多，
即将辞世，而这些白鹭在雨中漫步
似乎死亡对它们毫无影响，或者它们像
突临的天使升起，飞行，然后又落下。
有时那些山峦自身就像朋友一样
自行缓缓消失了，而我高兴的是
此刻它们又回来了，像怀念，像祈祷。

7

伴随一片正落入林中的叶子的悠闲
浅黄对着碧绿旋转——我的结局。
不久将是旱季，群山会呈现锈色，
白鹭上下扭动它们的脖子，弯曲起伏，
在雨后捕食虫子和蚱蜢；
有时直立如保龄球瓶，它们站着
像从高山剥落的棉絮条；
随后当它们缓缓移动时，它们移动这只手
用双脚张开的趾，用前倾的脖子。
我们共有一种本能：贪婪喂养
我钢笔的鸟嘴，叼起扭动的昆虫
像叼起名词并把它们咽下去，钢笔尖在阅读
当它书写时，愤怒地甩掉它的鸟嘴拒绝的。

选择是白鹭教导的要义

在开阔的草地上，当它们专心安静阅读时

头不断点着，一种难以言传的语言。

White Egrets

By Derek Walcott

I

Cautious of time's light and how often it will allow

the morning shadows to lengthen across the lawn

the stalking egrets to wriggle their beaks and swallow

when you, not they, or you and they, are gone;

for clattering parrots to launch their fleet at sunrise

for April to ignite the African violet

in the drumming world that dampens your tired eyes

behind two clouding lenses, sunrise, sunset,

the quiet ravages of diabetes.

Accept it all with level sentences,

with sculpted settlement that sets each stanza;

learn how the bright lawn puts up no defences

against the egret's stabbing questions and the night's answer.

VI

I hadn't seen them for half of the Christmas week,

the egrets, and no one told me why they had gone,

but they are back with the rain now, orange beak,

pink shanks and stabbing head, back on the lawn

where they used to be in the clear, limitless rain

of the Santa Cruz Valley, which , when it rains, falls

steadily against the cedars till it mists the plain.

The egrets are the colour of waterfalls,

and of clouds. Some friends, the few I have left,

are dying, but the egrets stalk through the rain

as if nothing mortal can affect them, or they lift

like abrupt angels, sail, then settle again.

Sometimes the hills themselves disappear

like friends, slowly, but I am happier

that they have come back now, like memory, like prayer.

VII

With the leisure of a leaf falling in the forest,

Pale yellow spinning against green—my ending.

Soon it will be the dry season, the hills will rust,

the egrets dip their necks undulant, bending,

stabbing at worms and grubs after the rain;

sometimes erect as bowling pins, they stand

as strips of cotton—wool peel from the mountain;

then when they move, gawkily, they move this hand

with their feet's splayed fingers, their darting necks.

We share one instinct, that ravenous feeding

my pen's beak, plucking up wriggling insects

like nouns and gulping them, the nib reading

as it writes, shaking off angrily what its beak rejects.
Selection is what the egrets teach

on the wide open lawn, heads nodding as they read

in purposeful silence, a language beyond speech.

获奖感言

让白鹭飞翔栖息在汉语里

在《欧洲故土》译后记中，我提出"贴合式翻译"的观点，即用一种语言紧密贴合另一种语言，不仅贴其词义，还要贴其语意，更要贴其语气。词义是词典里的意思，一个词意思再多，也是有限的，无限的是它在特定语境中的含意，即语意。因此，能否准确译出该词的语意，是衡量译者能否贴合文本的重要尺度。更重要而且更难的是对语气的把握。情感主要体现在语气里，而语气是随作者情感波动不断流变的。因此，能否准确捕获文本中的语气流变，便成为衡量译者敏感度和译本精确性的根本标准。识谱识弦是翻译的初阶，其高阶是知音。知音式翻译才能准确译出作品中的语气，更紧密地贴合另一种语言。

令我欣喜的是，《白鹭》已进入许多诗人的日常生活和心灵深处（如魔头贝贝《傍晚六点》）。写白鹭的诗足以编成一部诗集了：或引用《白鹭》中诗句（如林莽《立秋·读沃尔科特》），或以白鹭意象与沃尔科特展开对话（如周公度《沃尔科特与白鹭之静》），或仿写或续写《白鹭》，甚至出现了不少同题诗写作。作为沃尔科特的化身，白鹭已飞翔栖息在汉语里，与杜甫、张志和的白鹭交相辉映，并以其优雅、高贵、神秘激发了中国当代诗歌的活力。感谢评委会对我翻译的认可，祝中国当代诗歌飞出白鹭的高度。

刘 川

授奖辞

刘川置身于乱象丛生的诗歌现场,在对于优秀诗歌的褒扬和劣质诗歌的沙汰中,考量着自己的眼光与良知,找寻到在诗歌丛莽里的突围方向。他兼具当事人的热情和旁观者的冷静,他的诗歌创作与编选工作,是对一个时代的记录和见证。

简介

刘川,中国当代诗人。1975 年生,祖籍辽宁省阜新县。先后毕业于丹东高等师范专科学校中文系(现辽东学院)和北京解放军艺术学院文学系。出版诗集《拯救火车》《大街上》《打狗棒》《大富贵图》《百家姓:刘川诗选》等。现任《诗潮》主编。

蚊香启示录

每盘蚊香

抻直了

都是敬神仙的

弯曲成圆盘状

就成

熏蚊子的了

因此我一直在苦苦思考

死后

进火炉子的时候

我是该挺直身体

敬一敬上帝呢

还是把死尸死死用力

蜷曲成一盘

烧出浓烟来继续对付这个世上的

众多小人呢

灯

人身上

有许多灯

你假装看不见

有人杀人
你不救
灯，灭了一盏

有人骂人
你来围观
灯，灭了一盏

有人喊冤
你不救，当笑话听
灯，灭了一盏

轮到你被杀、被骂
大声喊冤，别人看不见
因为你身上，灯全灭了

这个世界不可抗拒

世界上所有的孕妇
都到街上集合
站成排、站成列
（就像阅兵式一样）
我看见了
并不惊奇
我只惊奇于
她们体内的婴儿
都是头朝下
集体倒立着的

新一代人
与我们的方向
截然相反
看来他们
更与我们势不两立
决不苟同
但我并不恐慌
因为只要他们敢出来
这个世界
就能立即把他
正过来

善良者言

每次吃罢海鲜归来
我都想在我的肠胃里点一盏灯
让地球上刚刚消失的又一批动物
在黑暗中
睁开眼睛

纪念碑

说是想在这些石头上
刻上字
说是给死人刻的
其实我又不傻，我早就知道
这是给活人刻的

而且一锤子一钎子地狠敲，是想

刻到活人心里

获奖感言

　　侥幸得中国当代诗歌奖贡献奖，自知多属人缘，而非实绩。

　　人缘者，于混诗歌圈子有用。于构建清明诗坛，无益。

　　当下诗坛，呈现碎片化，而非学术内部的多元化。诗歌标准渐渐彼此抵牾。诗歌共识渐少。一个编辑何为？不站队、不附从、不深陷，或许是我唯一能做的。尽管我以口语风写作，而且写得也不好。

　　体制外的资本、体制内的声名，联合绞杀着活泼的原创力。一个微小的诗歌刊物何为？沉潜一些，不起哄、不作秀、不拉虎皮，默默初选一些好作品，再交给时间继续筛选。

　　古云，百年无废纸。一本杂志，不怕读者撕，就怕自废之。且行且珍惜。希请诸君监督之。

　　谢谢厚爱。

度母洛妃

授奖辞

度母洛妃热心公益事业与文学事业，她主持华声晨报社的《华星诗谈》，创办"度母洛妃咖啡文学基金"，以一颗向善之心，为文学做出祭献。在诗歌中，她醉心于在日常生活中发现禅理，在世俗情爱中融入佛性，使她的文学品格与生命境界都得到了提升。

简介

度母洛妃，中国当代女诗人。本名何佳霖。香港居民，生于20世纪70年代初。现任《华声晨报》副总编、《华星诗谈》副刊主编，东盟创意管理学院院长。2015年荣获第十六届国际诗人笔会中国当代诗人杰出贡献奖。

还你一生，宠

风光不折不扣

我摸到的伤痕硬得像墙

贴着无字的尼玛

想你为我举起的岁月

半途而废

一个对的姿势

就能撑起一亩江山

一个对的人

就能还你一生，宠。

三千世界只有你

不休不眠的爱神啊

你把寂寞酝酿成诗

诗长成你，长成心中的玫瑰

我选最深情的一朵

藏在明眸里

只要有光，花就永远绽放

哦！只有绽放还不够

我要一片片地把它采撷

让它和我的秀发亲密

和我的肌肤亲密

那才能读懂你的每个呼吸

每个呼唤

……

不休不眠的爱神啊

你让白天黑夜交融出三千世界

三千世界，只有你

住在我心里。

等思念把青春一口吞光

一

你刚从我眼前走过

冬天，莫名其妙就开了花

还没得到你呢

心里的春天却喧哗了

两只流浪狗互舔了几下

回头看看我

一起跑到前面那条巷子了

头上几朵云儿很低

谁的心事那么沉啊

而我却因想你

把好句修成了病句了。

二

虽无归隐之意
可我无法以淫欲诱惑
爱你，只能痴痴地等
等太阳晚起
等八百年的日食
等思念把我的青春一口吞光
开一朵莲花
惹千种妄想
为你准备的茶
凉了又热
热了又凉
爱人，我只能陪你疯一次。

三

是啊，为你
我应该滋养笔下的字句
可是诗人和愤怒
应该死去
花继续开，酒继续醇
诗人和爱情
应该死去
月圆了，天空无话可说
可是诗人和诗
应该死去
佛，已末法

即使我已久等

你还是不要来了。

四

卸下了你

就如天空

卸下了北极星

卸下了你

就如十字架

卸下了神

我思念你多少，你的罪

就该有多少呵

可是风儿吹过

潮儿来过

我梦中的小鸟没来过

卸下了你

也卸下了自己。

五

即使在离开时

头也不回

即使你的脚步

只稍停片刻

我也能感受你

轻吻般依恋

何必装得无情无义的样子

转身吧，就一次

摘一朵开得最动人的花

放我手里

花因我而凋谢

我的心，也随花谢了幕

你我，从此不牵挂。

获奖感言

尊敬的评委老师及诗人朋友们：

感谢大会颁这个奖给我。我没有感觉很荣幸。但我会心存感激。

二十年来，我主办过很多活动，也给很多著名人士颁过奖。他们也非常谦卑地来接受我给他们的奖杯。因而我从他们身上看到比奖杯本身更高贵闪光的人格。

我从来没有主动向任何刊物投稿，也从不接受靠拉票来获名次的奖。包括被提名获中国当代诗歌贡献奖，我一票都不拉，因此我的网络投票计分部分是所有被提名中最少。后来有几个人告诉我我获奖。我内心也有一点点的惊讶。一个没有人为操作的奖，我感到欣慰。一是为自己的付出感到欣慰。二是为这个颁奖机构的公平公正感到欣慰。

开始我在想，你们颁你们的，我是不会来接受你的奖。因为你们是民间的，没有什么权威，没有很高的含金量。但这个时候，有某些人士说，你何佳霖（度母洛妃）需要他们颁奖吗？你接受他们的奖项就等于降低了自己。

亲爱的朋友们，正是这些不利和谐的声音告诉我，我一定要领这个奖。正是这些当今诗坛病入膏肓的傲慢腐味告诉我，我必须领这个奖，并且很郑重地领这个奖。我要向这些没有官方背景没有显赫背景的机构及组织致敬。民间的怎么了？民间的才是人民自己的。民间的才是问心无愧的。希望你们保持公正、卓越、光明的态度，为优秀诗歌及诗人做贡献。感谢大家！祝福大家！

中国当代诗歌奖（2017—2018）贡献奖

雪　鹰

授奖辞

雪鹰怀着对诗歌事业的不懈热情，守护着世俗时代的一方净土。他利用自己所主持的《长淮诗典》等平台，为诗歌的发展鼓噪呐喊、耕耘劳作。作为诗歌朝圣之路上的行客，他试图磨砺语言的快刀利刃，达到一击即中、一剑封喉的艺术效果。

简介

雪鹰，中国当代诗人、作家。安徽淮南人。长淮诗社社长。常州鸿泰文化项目运营总监、常州工学院教育与人文学院兼职教授。主编《长淮诗典》《安徽诗人》《长淮文丛》《鸿泰文丛》《中国当代诗人100家》《中国当代诗人档案》等。作品入选《2017年中国诗歌年选》《2016、2017年中国新诗排行榜》《新世纪中国诗选》《中国年度优秀诗歌2016卷、2017卷》《华语诗歌双年展2015—2016》《2018中国新诗日历》《2016中国网络诗歌精选》等百余种文集。荣获中国当代诗歌奖、中国当代散文奖、第二届西北风诗歌奖、《现代青年》年度十佳诗人等多种文学奖项。出版诗集《雪鹰之歌》《白露之下》《穿膛的风声》。中国诗歌学会、中国散文学会、安徽省作协会员。

我是自由的植被

> 来婺源吧，融入这片植被。
>
> ——题记

今天，我终于找回
遗失于前世的身份，我的
天然属性，基因
骨子里的叶绿素，血液里
汩汩流淌的山泉

我终于透过层层遮蔽
看到了血，翠绿的
草木一色的血。我知道
我是自由的植被
是大山深处，静静生长的
香樟，红豆杉，抑或
山涧里的菖蒲，苔藓

我被天覆盖
又覆盖大地，覆盖你
包括视线，和每一寸肌肤
我保持自己的多样性

丰富性，保持我
永不消逝的青绿

或许，我只是
一块自由的石头
击水有声，落地生根
生硬，而棱角分明

但是，我始终被天覆盖
一生想突破无形的重压
而终究只能匍匐于大地
或曰拥抱，深陷于你噬骨的
诱惑，我的大地
山水，我的挚爱

刀 客

鸣鸿已飞云天，寒月
也不知去向。青龙偃月的主人
被他的后代当作门神
新亭侯，斩了张飞的头
又凌迟了凶手。换来换去
刀客，已面目全非

扶弱惩强，或打家劫舍者
今天都换了行头，换了兵器
蒙面的黑布早已扔了
搞不清是在劫富济贫，还是

杀贫济富，今天的刀客
徒有虚名。早已被枪手取代
甚至不如龙门客栈的厨子
在民间，多少还有点口碑

三个火枪手死了好久了
而这里的枪手，不会留名
它们只是器官，留名的
将是指挥它们的，另一个
器官。它们脸色青紫
正在溃烂，像 1918 的梅毒
青霉素也挽救不了，一个罪恶的
时代

刀客，已经是历史名词
看到它你就看到了，重复的历史
刀，还在现实中
在菜板上斩鸡，所谓唐刀
苗刀早已锈蚀，斩玉的锟铻
应该流落了民间。金庸大师
不知宝刀老否？能否
找到可依之天，完成另一部
经典，让宝刀亮瞎
人眼

凛冽

所有刀，不杀人的时候

都是安静的。那霍霍的声响
是磨刀石，在虚张声势

而此刻，你的沉默
就躺在鞘里，霜落在眉宇
安静地等着
一颗心，往上蹭

2016

这一年，曾经被砸烂的药罐子
又箍上了金圈，摆在庙堂里供着
药罐子里的秘方说：四个数相加为九
为离卦。为火，为丽，为南，为夏
为浮华，为依附，为离别，为纯阳
或者，刚过之数

于是，这一年，嘴上燎泡如灯
无人不知，又无人敢戳

这一年，兄弟在外油头粉面
在家，却鬼脸百变。幻象常现

这一年，西子湖畔的光影空前绝后
黄土坡上的母亲辞去了母亲的职务
这一年，洗脚屋里的防空武器终于被揭秘
在一张纸上，有人重新活过来
这一年的口罩，不仅防霾，更要防川

我在这一年，拥抱所有的风
让你听到了"穿膛的风声"

春天，我加固了腰椎。夏天，我逃离了火炉
秋天，我成了孤儿。冬天，我浪迹江南

玄帝庙里，王道士解卦——
富贵坎中寻，求财向西行
南方寻失物，从此皆好运。

我信了第三句。南方为九
为离，为火，为丽，为依附
为浮华，为纯阳，为刚过之数
为2016

获奖感言

　　首先感谢组委会，把这个奖颁给我！能得到你们的认可，是我最大的荣幸！

　　因受朋友投票之托，才看到"第五届中国当代诗歌奖"设置的"贡献奖"奖项，于是就毛遂自荐，跟帖留言。并给第五届中国当代诗歌奖组委会暨唐诗主任，通过微信发了一封信。表明了自己观点、期望，列举了近年来自己为诗歌所做的点点滴滴。很快，唐诗先生就回复了一封热情洋溢的信。信中他的肯定、鼓励，及对规则的阐释，既体现组委会的真诚、公正，也反映了诗歌奖规则的完备、成熟。最终，我在朋友们投票支持的前提下，得到各位评委的认可，如愿获得"贡献奖"。

　　这个奖对于我来说，十分珍贵。我现在最需要的就是，我为诗歌所做的一切，能否得到认可。尤其是这种诗坛一线的同人的认可，这是我继续为诗歌而努力的动力之一！

再次感谢组委会，感谢为我投下珍贵一票的每一位读者，好朋友！

谢谢你们！

晏略殊

授奖辞

在晏略殊的诗里,聚集着太多反叛的意象,他快意于对语言秩序的破坏,显示出诗人年轻的生命活力。自然,跳跃的灵感难免旁逸,诗人青春期的躁动有望在岁月的发酵和思想的催熟下,趋于平静与饱满。

简介

晏略殊,中国当代诗人。辽宁人,70后,后意象诗派创立者。有诗歌300余首发表于《诗刊》《星星》《诗林》《中国诗人》《诗潮》《绿风》等诗歌刊物。曾获得"第三届盛京网络文学奖全国大赛"诗歌奖及"最佳网络人气奖"等多项奖项。入围"第三、第四届北京文艺网国际诗歌奖""辽宁文学奖"等。出版诗集《暗河记》等。

蜜　蜂

关注缘于河流的蜂腰
王台上的蛹羽化成
百花千朵里的波音飞机

时常被一个名字引诱着
在寒冷的巢室内
抱团取暖。不可原谅

暴露气味的偷食者
必然被历史的守卫咬杀
扔至活者的视线之外

觅食的复眼，携带螫针
之痛。忧郁的生灵为种族的腹部
酝酿一种甜，并扩大着

将挟持这种花粉的原罪
用神的翅膀
播撒那条陌生的大街

数字歌

小时候，老师在黑板上写下 1、2

3、4、5……数字是白色的

我们听着罗大佑的

《光阴的故事》，一同长大

有病了，妈妈叫我每次服 2 粒药

数字是苦的，但我

还是要就着凉开水一同咽下

与朋友喝酒，我们从 1 杯喝到 97 杯

并非久逢知己千杯少

那数字是模糊的，还吐着泡沫

股市里，点位增长或回落

数字是红的或绿的

股民的心里，数字永远是蓝的

生活在数字的世界里

让生活的质量更精确地抵达信息化

我们趋之若鹜。用幸福

去寻找，那数不完的挣扎

残　缺

身藏利器的年轻人

在漆黑的夜晚

掏出月光闪亮的匕首

用它顶住你的身体

像电影中的镜头，拖动你
一粒沙中的世界

如果这把匕首不能
有效地插入你的心脏
它刀尖上的毒也会
把你的灵魂装进奇异的皮箱

一种引力使匕首坚硬
直到可以弯曲
它用青草的味道
疯狂地愤怒、嗜血
住在枯叶上的人也同样枯萎

上帝咬过的苹果
一定有我的残缺挂在你的嘴上
甜美丰满在你的心头
请说出来吧！我的罪
是那月亮匕首的寒光
插入自己的劫后重生

不存在

我在抽屉里翻找不存在
粉饼、唇膏、线团
无不散乱地存在，使用
的年限。我在大街上
寻找不存在，那车流无

时不存在，个体的流逝

我仰望夜空，寻找

不存在，那夜空监狱一样

地存在着，被星月点亮

我寻找一种不存在

是有价值的，是没有过历史

的存在。或许

这是别人的一个难题

获奖感言

　　学生时代，我曾多次获得全校"征文"奖。工作以后，职业与文字毫无关系，直到 2006 年一个偶然机会，我开始在网上学习写诗。二、三个月后，我在榕树下大型文学网站获得了论坛诗歌征文奖。随后遭受一些诗友们的纷纷责怪，说我写诗的路子不对，只是文笔好。那一段时间我很迷惑、停顿，不知道该如何下笔。为了提升生活的质量，2010 年辍笔经商。

　　经历了现实和时间的沉淀，2015 年我重返诗坛，整理并建立了自己的诗歌理论和写作方式。十多年来，我一直坚守着意象诗的写作、探讨和宣扬。意象诗的写作能够很快进入状态，更有力地面对复杂的世事沧桑。既抛弃了口语的直接和粗俗，也规避了修辞和表演。能够以朴拙的语言入诗，简化并开拓词语和诗意的多向度。尤其是后意象的经营，我们欣慰以语言的变形所产生的弹力替代传统词语的张力，以语言之间的互利取消语言简单的自说自话。

　　当代诗歌奖是来自民间的，自发的专业人员结合网友投票的评选，能够选出那些被遮蔽的、有争议的好诗和有品质的诗人。我想这是官方的一些奖项无法做到的。在诗歌的生涯里，我感谢"当代诗歌奖"能够接纳各种诗歌流派和题材，并给了我这份认可和鼓励。我相信自己在今后的写作中会创作出更好的作品，不愧对于这份鼓舞和厚爱。

有人说，当代人再也写不出古人那么美的诗。恰恰相反，当代诗是博大精深的，每一位当代诗人都任重非道远。生活给了我们太多的美好，诗一定是我们生命的一部分。如果每天能挤出时间来写一首诗，我相信那一定是幸福的。

中国当代诗歌奖(2017—2018)新锐奖

姚　瑶

授奖辞

　　姚瑶的诗歌犹如从容的河流，他的语调是舒缓的，低沉的声音带人进入他创设出的暖心情境。他的诗歌是向土地的致敬，侗族人昨日的时光与过往的记忆经过慢镜头的过滤，呈现出令人感伤低回的时光镜像。

简介

　　姚瑶，中国当代诗人。侗族，贵州天柱人。70 后，现就职于贵州电网凯里供电局，2007 年出席全国青年作家创作会。在《诗刊》《山花》《民族文学》《中国诗歌》《中国诗人》发表过作品，著有诗集《疼痛》《芦笙吹响的地方》《黔之东南：一个诗人视野下的乡村图景》《纯粹西江》（合著）和散文集《侗箫与笙歌：一个侗族人的诗意生活》等，获得贵州省尹珍诗歌奖等奖项。

乡村小记

山谷处，住着几户人家
显得有些孤单
几个老人抬着棺材越过山梁
巴茅草高过他们人头
溪水低处，呜咽着缓缓流动
一缕炊烟正在升起

这是乡村常遇见的场景
那一日，在黔东南某个乡下
我们坐在傍晚的风中
夕阳低矮，有朋友拍下照片
他谈及自己的乡村
人去村老，乡村衰落
年轻人在他乡
望着故乡的明月

半山腰上，云雾缭绕
像电影梦幻的场景
几只乌鸦在诉说着什么

在乡下，我打开最后的村志
有些事物，依然存在：

比如山谷的灯盏，流淌的溪水

老去的道士，成长的小孩

山梁上孤独的坟茔

割漆者

父亲有一大片漆树

那是一家主要经济来源

丈余高的漆树浑身长满伤口

螺旋而上的 V 形伤口，像张开的嘴

夸张地裂开，涎出乳白液体

父亲用贝壳嵌入 V 形伤口下方

这种劳作老家人叫"割漆"

整个夏天，父亲重复单一的劳作

流入贝壳的漆，慢慢变黑

老家人用来漆棺材，也漆嫁妆

漆树伤人，漆疮爬满身体

每次父亲去割漆

皮肤过敏，红肿、溃烂、流脓

漆树身上布满伤口

父亲身上布满漆疮

新伤叠旧伤

漆树身上的漆液流尽之后，变干枯

留下奇丑的身材，弃于山野

村人取柴火都不要

每年开学，父亲会卖掉

蓄存一个夏天的漆

那时我不知学费、生活费

是黑色的漆一点一滴汇集起来的

父亲到老来，漆疮痛痒不堪

留下三斤上好的漆，打死都不卖了

他把自己的棺材漆得发亮

黝黑的棺材，亮过世界

所有的黑

风，吹向谁的故乡

风，一直吹一直吹

不知疲倦

从昨天夜里，吹到现在

没有消停的样子

吹过田湾、吹过山梁，吹进我的心里

吹过木楼发出的声响

像老人深夜的咳嗽

风，一直吹一直吹

推开窗子，又不见它的影子

已近冬天，我裹紧大衣

风，加快了寒冷

风吹走了村子里的垃圾、鸡毛

吹走了破碎的记忆

风，鼓着腮帮子吹

裹着雪花，拂过村庄矮小的树木

木楼已被大雪覆盖

风声紧凑，一声接一声

嘶哑着，不知吹向谁的故乡

无限放大我的乡情

一只蜻蜓来到我的窗前

它扇动薄薄的翅翼

仿佛有心事要诉说

两只眼睛大到有些突兀

它停在窗玻璃上，注视我

我有些心慌，那个下午

我无限放大我的乡情

我怕如翅翼一样单薄的文字

无法承载一只蜻蜓的重量

一条刚铺的水泥路

在盘山里爬着，进入森林

花香处，更大的故乡

在我体内燃烧

大山深处的一只小兔子

一蹦一跳，仿佛山丘也在跳跃

半山腰，两三农人

在风中左右摇摆

向日葵转动硕大的葵盘

一只小蜜蜂，悄然打开回乡之路

它们随遇而安

习惯把故乡藏在花朵里

成群的蜜蜂是我忠实的向导

村庄虽小，旷野却辽阔

一只蚂蚁，被太阳晒得赤黑

它晃动触角，细腰上背负拇指大的蚁卵

小心翼翼在稻草丛里奔忙

修筑自己伟大的宫殿

我爱这人间的景象

并无限放大

它们的每一次呼吸

都有我的气息

故乡山沟的一根藤蔓

在我的身体里蔓延几十年

不起眼，却不可或缺

获奖感言

　　一直以来，贵州以最丰富的表情滋润着我，她的多姿多彩曾一度令我的文字在无数个夜里鲜活，总会不经意捧出我全部的诗情与画意。今天，把"中国当代诗歌奖新锐奖"这个珍贵的奖项颁给我，在芦笙吹响的地方，我有更多的诗意将在以后的创作中表达。

　　诗人是这个精神世界尖锐的发现者和感悟者。我以为诗歌要直抵心灵、刺痛灵魂，在诗歌中找到自我救赎方式。

　　这些年，我一直在原生态的黔之东南游走，挖掘民族文化元素和对当下现实生活的诗意命名，让大千万物活起来，诗歌重新回到叙事，让精神能量重返内心，在诗中找到心灵栖息的最大可能。

此时此刻，请允许我弯下腰，向我脚下神秘的土地鞠躬，她为我找到了诗意、找到了乡愁；向伟大的诗歌鞠躬，她为我找到了快乐和福祉。在我鞠躬弯下身子的一瞬间，请相信我的真诚已经提前抵达。

丫 丫

授奖辞

　　丫丫在诗歌中讲述女性的历史重负与现实遭遇，陈说女性在身体与精神上面临着双重的苦难，在承受与反抗的角力中散发出母性的、人性的光芒。在极力张扬几近孤傲决绝的性别意识的同时，现实境遇中的她，却又无力地宣告了女性自身的溃败。

简介

　　丫丫，中国当代女诗人。本名陆燕姜，80后，广东潮州人。中国作协会员，文学创作二级，广东省作协理事，广东省作协诗歌委员会委员，广东文学院签约作家，韩山师范学院客座副研究员。参加《诗刊》社第三十四届青春诗会。作品刊于《人民文学》《诗刊》《星星》《扬子江》等刊物，入选多种重要诗歌选本，曾获过多项诗歌奖。出版诗集《变奏》《骨瓷的暗语》《静物在舞蹈》《空日历》《世间的一切完美如谜》。

旧锁头

我不想多费笔墨来描述她的苍老和孤独
我不忍。不忍撕开她紧锁的身世
一如母亲撕开我身上紧裹的胎衣
——哦，这血债的渊源！

她前后转给三户人家为女
生有六女三子。养有四女二子。
现有三女二子。老寡妇。
她每天守宅扫地。

逢年过节
不忘别上金色的如意发夹
用白发油将头发抹得亮堂堂
干枣般的笑容因此看上去明亮一些

她是我外婆。
中国农村妇女。
生于 1929 年。

刺

这该死的东西。潜伏在他们的私生活里
像有毒的香水，散发着小狐狸的气味
诡秘。时隐时现

它，穿透发了霉的硬币背面
暗长在无色无味皱褶婚姻的缝隙
在红男绿女食不果腹的孤独里

一个带杂味的眼神
一条神差鬼役的短信
一场空穴来风的际遇
呵，这藏头露尾的鬼东西
冷不丁便会插伤信条和教义

而被戳痛了的人心
即使滴着血，也没有人喊疼
只是说：痒

白月亮

我不想叫醒她
停歇在红色的塔楼顶尖
她的轻鼾，触手可及

羽翼晶亮丰满

眼神隐匿，而神秘

她从这个世纪，拂过那个世纪

很多次，我径直撞上

她的呼吸。撞上她

汹涌的沉默。哀伤的白月亮哟

你徒有光洁的肤体，火做的心

光影错叠的年代

谁用真面目，喂养你的凝视？

亲亲的白月亮

不戴面具的处女之身

大地无解的谜语

唯独你，才配做我

——发光的墓碑

片　段

巨大的浴镜前

我小心翼翼

穿上——

不锈钢内衣

塑料背心

红木短裙

玻璃外套

橡胶连裤袜

水泥长筒靴

最后不忘戴上

亲爱的纸花小礼帽

你站在镜子背面

一语不发

拿着透明螺丝刀

不慌不忙，将我

一件一件，一点一点

拆下来……

我终于成了

一堆废土

获奖感言

　　感谢第五届中国当代诗歌奖组委会，感谢各位评委老师和广大诗友的认可与支持，将本届新锐奖颁给我，也祝贺其他奖项的获得者。

　　获得该奖，使我具体地感到了一种来自行内珍贵的肯定和鼓励。我以为，在当下诗坛，"中国当代诗歌奖"具有特殊意义，它秉持"公开、公正、透明"与"网络性、公众性、学术性"相结合的原则，评奖时间达十五个月之长，以此有效地对抗遮蔽，鼓励创造，体验自由，维护公正。"诗与真"，是两个相互制约、相互平衡、相互吸引、相互发现，最终相互赠予的因素。对艺术而言，缺乏"诗性"的"真"，只是乏味的见证式表态；而没有"真"在其中的"诗"，则是微不足道的美文遣兴。正是"诗"，赠予"真"以艺术的尊严；而"真"，则赠予"诗"以具体历史语境中的生存和生命的分量。在这个物质浪潮到处涌动的年代，诗歌作为内心的灯火，更需要守护，更需要理想主义薪火的高扬。诗歌不仅仅是一个人的志业，我愿意和更多有理想倾向的朋友站在一起，去为自由精神和独立思想而坚守生命中的信念。作为某种越来越稀薄的高贵精神的守卫者，作为最艰难的艺术理想的践行者，守住心中明灯，呵护我们感知微妙的能力，不痴迷于任何看似迷人的社会性潮流，应该成为我们对自身的基本要求。

深感荣幸！再次感谢主办单位、评奖委员会和诗友们的鼓励！

王明凯

授奖辞

王明凯以诗的形式追问人之存在的根脉和流向，他的文字里闪烁着古老的文化元素，滚动着史诗的波澜。他要翻开岁月的卷帙，拨寻时代的断砖，言说一个民族的爱恨情仇与悲喜命运。他的诗篇充斥着地方志的风味与知识考古学的气息。

简介

王明凯，中国当代作家、诗人。重庆人，中国作协第七、第八届全委会委员，重庆市作协第二、第三届党组书记、常务副主席。在《中国作家》《诗刊》《星星》《红岩》《四川文学》《山东文学》《中国文化报》《文艺报》《新华文摘》等30余家刊物发表小说、诗歌、散文、文学评论等500余篇。出版散文集《跋涉的力度》、诗集《蚁行的温度》《巴渝行吟》、小说集《陈谷子烂芝麻》、文艺评论集《让谶言放射光芒》、文化专著《城市群众文化导论》、长篇小说《不能没有你》等。曾获文化部群星奖、全国新故事创作一等奖、重庆市"五个一工程"奖、重庆市哲学社会科学成果奖。

坐在悠扬的渔歌中

此时，我坐在悠扬的渔歌中

头上是闲庭信步的云朵

脚下是均匀细碎的涟漪

吹一口在杯中游泳的云雾毛峰

缕缕茶香，就悬浮出凉风村的三生三世

风，从巴国的记忆中吹来

在大娄山的皱褶里安家落户

阴晴圆缺与悲欢离合

在山梁与沟田中仰卧起坐

曾经有一天，日子和女人都着惊着寒

差点被斜刺里杀出的彪形大汉

野蛮而粗鲁地掳进了夜郎国

长长的序曲其实很短

皇历一翻就告别了三皇五帝

煤，成了腰间的钱袋和口中的粮食

男人的力气都卖给了矿山

他们的太阳，每天从地心升起

矿灯，照亮了小村如饥似渴的目光

也染黑了，女人的泪巾，和大地的脸皮

一个休止符

新写的渔歌，就洗了日光浴

节奏似云雀的舞蹈，旋律如行云流水

步道是铺在水里的五线谱

鱼柳池、鱼虾池、十一居、香香妹……

都是这方山水，土生土长的乐员和歌手

迷宫追梦、飞鸟与人，以及舌尖上的鱼乐图

都是他们，献给客人赏心悦目的休闲曲

凉风村，我亲亲的凉风村

你就是我眼中，那一抹素面朝天的桃红

面目秀色可餐，腰肢风摆杨柳

看一眼，我就记住了你，爱上了你

我亲亲的凉风村呀

你就是这悠悠渔歌中，那勾人心魄的美人鱼

爱情天梯上的音符

因为爱，他才被新娘子摸了嘴巴

新牙上才长出蓬勃的爱情

俏寡妇成了他的"老妈子"

他成了俏寡妇的"小伙子"

手牵手，把所有的流言蜚语一脚踢开

旷世之爱，在深山老林里开花结果

因为爱，他才用 50 年光阴

拌匀 6000 吨汗水和 6000 滴热泪

为她凿一条下山之路

6000 级石阶，是谱在悬崖上的 6000 个音符

是盛开在绝壁上的 6000 朵紫百合

客人们打望爱做的石梯

似乎看见老妈子还手扶泥墙

轻吟着《十七望郎》的悠扬心曲

似乎听见小伙子挥舞榔头

把云端的石头，敲成爱情的宣言

多想把一对老人喊醒啊

一只手牵着老妈子，一只手牵着小伙子

沿着这爱的音符，一步一步拾级而上

叩开龙骨坡的大门

在一个叫庙宇镇的地方

叩开龙骨坡的大门

我们惊奇地发现

它是一座，200 万年前的山寨

两颗门齿，和带齿状的颌骨化石

是我的远祖，留在大地牙龈上的吻痕

我看见我的远祖，在洪荒的山坡

一万年一万年地行走

身体徐徐直立，手脚慢慢分开

用藤条和树叶遮住羞部

提一根木棒，围猎四只脚的野兔和獐子

用锋利的牙齿，咬断狼的喉管

森林中响起，咿咿呀呀，胜利的呼声

我的远祖，死于饥饿与寒冷

或者，与狼群的搏斗

他的骨头和牙齿，就埋在这龙骨坡上

替他活着的，是草，是树，是土地

是钻木取火，和结绳记事的子孙

200万年以后，它发出芽来

那芽，是我的父亲，和我父亲的儿子

一座城市与一条峡谷的爱情

最美的见证，是一座城市

与一条峡谷，如火如荼的爱情

何时相知相识并不重要

只要一牵手，就你中有我，我中有你

血脉相通，筋骨相连

那条取名芭拉胡的峡谷

是武陵山的雄鹰。大鹏展翅

飞过兵荒马乱的梁州

飞过唱着竹枝词的巴国

飞过一品夫人和她风光旖旎的女兵营

选择土家妹子的吊脚楼按下云头

在鸟语花香中繁衍生息

在虚怀若谷的深涧落地生根

那座名叫黔江的城市

是百里挑一的好女人。她手把栏杆

听了芭拉胡，大板腔的兰溪号子

就对他的挺拔与雄伟一见钟情

寻着木叶情歌吹响的方向

从三岔河的绣楼上，梳妆打扮走出来

张灯结彩，拜了天地君亲师

连理同枝，跳一曲心心相印的摆手舞

于是，风赶来，云赶来

举着花的树赶来，唱着歌的鸟赶来

期待的目光和骑着车辙的脚步

都从四面八方，不约而同地赶来

悬着太阳镜，悬着高跟鞋

悬着一身的冷汗和一脸的惊艳

把心灵打开，把尖叫打开

把西普陀寺头顶的佛光

和净瓶观音擎在手中的那枝梅花

统统打开。共同见证

用矢志不渝和山盟海誓

刻在这悬崖上，地老天荒的旷世情缘

获奖感言

　　能够获得中国当代诗歌奖，既意外又兴奋。作为文学组织工作者，过去，都是我给作家们颁奖，我为每一位获奖者感到由衷的高兴，今天却是作家们反过来为我颁奖，所以我倍感荣幸，总觉得她比我亲手发出去的每一个奖项都更加温暖，更有分量，更值得自己珍惜和骄傲。

　　诗集《巴渝行吟》与其说是"写"出来的，毋宁说是"走"出来的。退休以后，我花了两年零两个月的时间，用脚步丈量巴渝大地，用诗行书写巴渝风情，且歌且行，跋涉耕耘：解放碑响彻云霄的钟声、朝天门猎猎作响的船帆、长江三峡大江东去的壮美、武陵仙山四季花开的绚丽……大重庆 8.2 万平方公里辽阔山水中的自然景观和人文景观，近乎一囊其中，一网打尽。

由衷感谢脚下这片土地。因为诗歌始终是生活土壤中长出的庄稼，水田里长出水稻和荷花，旱土里长玉米和大豆，只有深入生活，扎根土地，用勤劳的双脚去丈量大地的宽广与辽阔，才能在大地上发现生活之美，让思想张开的翅膀，赋予诗歌飞翔的力量，让笔端的花朵具有深沉的生命意识和人文关怀，最终在自己的土地上种出自己的庄稼。

周瑟瑟

授奖辞

周瑟瑟有着诗才无碍的能力，口语风格的鲜活生猛，为他的诗歌涂上不无戏谑的色调。作为新归来诗人中的一员，在回归诗歌现场的时刻，他的诗歌囊囊中携带了更多生活的历练和馈赠，丰富着他诗歌的语言质素和思想品格。

简介

周瑟瑟，中国当代诗人、批评家。湖北人。著有诗集《松树下》《栗山》《暴雨将至》《犀牛》《鱼的身材有多好》《苔藓》《世界尽头》等，长篇小说《暧昧大街》《苹果》《中关村的乌鸦》《中国兄弟连》（三十集电视连续剧小说）等，以及《诗书画：周瑟瑟》。主编《卡丘》诗刊。编选有《新世纪中国诗选》《中国诗歌排行榜》《那些年我们读过的诗》《读首好诗，再和孩子说晚安》（五卷）《中国当代诗选》（中文、西班牙语版）等多种，曾参加哥伦比亚第27届麦德林国际诗歌节、第7届墨西哥城国际诗歌节。现居北京，百花洲文艺出版社北京诗歌出版中心主任。

中国诗歌大轰炸

我在墨西哥城宪法广场大声读诗
我使出比在中国大好几倍的声音
在宪法广场读诗
我的声音大得连宪法广场北侧
西班牙人历时 250 年修建的
大主教堂里的圣母都听见了
圣母在升天
天主教徒们侧耳倾听
一个中国口音的声音
一个中国很大很大的声音
我的声音要爆了
是的这是我终于爆了的
我在宪法广场读诗的声音

亡灵大道

亡灵们乘坐白云下来了
回到他们自己的托尔蒂克王国
他们的心脏被挖出
祭祀太阳神与月亮神
他们的躯体

从金字塔上扔下来

此处曾经血流成河

血淋淋的石块已经变成黑色

亡灵们列队行进

我和会说中国话的墨西哥商贩

站立亡灵大道两边

白云低低压过头顶

我伸手握住了

活蹦乱跳的亡灵

你愿意亲吻骷髅吗

在墨西哥城这几天

到处可以看到骷髅头

完整的骷髅人坐在阳台上

站在酒吧窗前

骑在自行车上

骷髅夫妻相对而坐

年老的丑陋恐怖

年轻的翘臀貌美

我一天天适应骷髅的生活

内心的恐惧渐渐消失

但我不敢与骷髅人拥抱

我住的宾馆大堂

正在搭建一个高大的骷髅人

我站在一边仔细观看了很久

一个性感的女孩脸上画着骷髅

一个女孩在教堂下拥吻一个骷髅人

我愿意让骷髅人吻我的额头

他们是另一个世界的亲人

在亡灵节到来之前

他们纷纷回来了

白云监狱

在墨西哥

随处可见古老的教堂

我们的车停在红灯下

远远看见前方高耸的尖顶

——那里是教堂吗

——那里不是教堂

那里是奇瓦瓦市的监狱

犯人们住在尖尖塔顶下

白云环绕，阳光暴晒

附近教堂的钟声敲响

他们吃着牛肉和辣椒

在高原监狱里一天天祈祷

获奖感言

　　《暴雨将至》是我 32 年诗歌写作的一次总结，这部诗集构成了我的个人诗歌文本史。这是一条现代诗歌的语言之路，从 1985 年走到 2017 年，现在回头看，最初的不自觉的语言意识似乎已经注定，生命体验，朴素情绪，干净陈述，这样的写作直到 2016 年、2017 年，我开始了阶段性的诗歌变法，将诗歌语言再一次进行了彻底的清理，我回到 1985 年最初的表达方式，像一个孩子一样言说，我要找到像孩子一样笨拙、自然的语感，以及不加任何修饰的语言状态。为什么会有如此变法呢？语言状态并不是孤立的，它与生命状态紧密相连，是生命状态与语言状态的统一，这就是我的诗歌的现在的样子。所以，诗歌变法是因为生命而产生的。

我刚从墨西哥回来，迟复为歉。中国当代诗歌并不为西方读者所熟悉，但中国古代诗歌却影响了西方一些重要诗人，从西方几代诗人对待中国古代诗歌的态度，我看到了中国古诗的现代性，而这一点我们自己往往忽略了，我们注重的是诗意的古典性，而不是诗人精神的现代性，李白、杜甫在古代的现代性写作正是当代诗歌所缺失的。

不管是中国当代诗人还是西方诗人，一股中产阶级的慵懒的写作在全球流行，诗人大多都变成了猫，诗人们主动放弃了自由的生命状态，自我囚禁是诗人自愿的。

当代诗歌奖由评委与网友集体决定，充分尊重了网络民主，并且又具有学术倾向，在此我要向所有评委与网友们表达谢意，谢谢你们对《暴雨将至》的认可。

段光安

授奖辞

段光安兼科技工作者与诗人于一身，他感应天地万物的季候变化，聆听自然的音响和律动，感受物我之间的妙合无垠。他的诗句跃动着灵动的思想，寄寓着蕴藉的情怀。他注目于残缺和衰败的事物，向他们表达出深刻的热爱与敬意。

简介

段光安，中国当代诗人。1956 年生，天津人。中国作家协会会员。天津鲁藜研究会会长。天津七月诗社副社长兼秘书长。《天津诗人》副主编。在《诗刊》《诗选刊》《星星》《诗林》《书摘》《新华文摘》等报刊发表诗歌作品 600 多首。著有诗集《段光安的诗》《段光安诗选》。有作品多次获奖。诗作入选中国多种选本。英文版《段光安诗选》在美国学术出版社出版。部分诗作被译为英语、俄语、阿拉伯语、罗马尼亚语、意大利语等。

寻找古城

一道巨大的伤痕延伸着干涸的河床
一圈圈年轮扩展着沙浪重重
在沙漠的边缘我寻找古城

只有倾斜的石碑
碑文已模糊不清
却执着地把太阳这枚石鼓支撑

在滚烫的沙丘上
沙枣树的根扭曲着
像银灰色的火苗挣扎着升腾
占据最后据点的蜥蜴窥视
乌鸦那双没有燃尽的眼睛

沙暴来得那么突然
将我抛入混沌
大漠的风沙敲起编钟

圆明园残石

石头在黄昏沉默

乌鸦降落啄食石头的梦

石柱残断

又凿剔成石墩、石碾、石鼓

我注视石头的目光

石头高举手臂托起空寂的恐怖

我不敢看无法愈合的伤口

和那血凝成的株株石树

我是石头点燃的火苗

而后化作一块呼吸的石头

残　碑

残碑是断臂老人

冷漠

而风骨犹存

笔锋

像胡子一样苍劲

再激昂的演讲

也打动不了他

历史在他身边玩耍

只是一瞬

蝉未完成的交响曲

夏日正午蚱蝉寒蝉蟪蛄

多群奏婉转起伏

甘美的音流潺潺莹莹

若行若止均匀分布

啄木鸟的木琴不时插入

画眉一段急奏如思如慕

蝈蝈儿潇洒弹拨吉他

松鼠欢快击打松子手鼓

水蛭敲叶子的多变节奏

蚯蚓发出一组组微弱的断音符

蝉统领的巨大乐队

洋洋洒洒演出

蛛网、年轮、蜂房状的交响

旷远持久

突然一声枪响撕碎旷野

蝗群变调的钹声洒向深谷

高粱茬儿

静穆

收割后的高粱地

干硬的根

支撑着剩余的身躯

在凛冽的风中

站立

锋利的梗

执着地望着天际

大雁远去

　　首先感谢组委会颁给我第五届中国当代诗歌奖（2017—2018）诗集奖。

　　我认为对诗而言，生命意识至关重要，即使一句有最微小生命的诗，也胜过与我们生存无关的厚厚诗集。诗贵创造，创造一种模式很难，但创造之后即成为独立的存在，不可重复使用，因为第二次使用是制造，别人再用就是仿造。诗艺就是在不断地创造中发展起来的。诗需要真挚，真挚到深入根本，向自然或自己汲取或深入，返璞归真到本质，落花无言，含蓄不着一字，至纯至默。当代诗人已没有什么光环和桂冠可言，已从高坛走下，却未失傲骨，慢慢品尝自己的心血，自觉、觉他。

　　最后，向所有爱诗的人致敬。

瓦 刀

授奖辞

　　瓦刀有对汉语诗歌的娴熟语感，他不遗余力地锻造着语言的穿透力，拓展着诗写的疆域。在他诗歌的魔橱里，收藏了无数奇崛的惊人语和骇人的意象组合，在陌生化的语境中营构出突兀的诗意。但在诗人荒诞悖谬的叙述中，透露出来的仍然是俗世生活的动人暖色。

简介

　　瓦刀，中国当代诗人。1968年生于山东郯城。曾在《诗刊》《诗选刊》《星星诗刊》《时代文学》《扬子江诗刊》等文学期刊发表诗歌及随笔，并有作品被译介在国外刊物发表，入选数家年度选本和专辑。获《时代文学》2013年度诗人、第二届《山东诗人》年度诗人、第三届"沂蒙文艺奖"一等奖等多个奖项。著有诗集《遁入》《泅渡》《瓦刀诗选》等。

春风忌

"繁华是春天虚构的假象"
一条蛇破土而出，宣告人类
我举双手赞成。在春天
所有物象都身藏脆弱的部分
泥土中首尾相拥的蚯蚓
夭折的蛹，树叶背面
被寒流突然击中的虫卵
春风里频频低头的草木
还有我，坐在春天对面
一个失语良久的人
春风一上身，便染上了风寒

楼宇之诗

禁止养狗，不能拒绝
鼠类的出入。同为鼠辈
为什么鼹鼠比老鼠可爱
土拨鼠比金毛鼠能干

热衷与世长辞的人
未丧失对一座楼宇的热爱

每个人都有裹不住的心事
像水晶里的水草花

楼宇里没有风景
有上坡和下坡，草木葳蕤
兰草，比茅草精致
含羞草比墙头草好看

笨蝴蝶

天将雨，我尚无归处
一只蝴蝶从枯草中飞出
向着荆棘密布的中年之躯

不是庄子梦见的那只
是我梦里的那只
一直未找到归路的蝴蝶

想起多年前的一声呼哨
至今悻悻地落在原地
残留着一个少年的情窦初开

蝴蝶展翅，我在辨析
它每一道花纹的风雨寥廓
像个老人在地图上搜寻籍贯

踩点的人

虚度光阴的人正被光阴虚度
我就像得了妄想症的孩子
用书生意气力排众议

实话告诉你们吧——
这些诗，是我尘世行走的足迹
有的深，有的浅
有的我用蘸血的钢针做了标记
只要你按图索骥
就能找到一匹马精疲力竭的嘶鸣

一只狼趴在高坡，眺望人间烟火
——那就是我
一个来尘世踩点的人
踩踩脚，不带走一粒尘埃

获奖感言

　　有人曾经问我：瓦刀，这个奖项你也参与？当时我未置一词。今天，面对诸位诗人、老师、朋友们我回答这个问题。第一，这个奖项的发起人唐诗先生与我多次接触，人品诗品俱佳，作为写诗爱诗的我，必须支持；第二，这个奖项虽然是民间奖项，迄今已连续办了五届，在业内口碑尚佳，未来还有无限可能；第三，"中国当代诗歌奖"是当下包罗诗歌各个专项非常全面的一个项奖，并且开通了网络投票，让许多爱诗读诗的人参与并监督，具有较高的关注度和相对的公正性；第四，此奖项有着一流的并长期处在诗歌现场的诗人、评论家组成的评委会，评奖结果更具客观性和有效性。

参评此届"中国当代诗歌奖的诗集奖"的共有 14 个诗人的 14 部诗集，评委会决定增设这个"诗集特别奖"，并将此奖项最终颁发给我，对于我来说，无疑是一份特别的鼓励，意味深长。所以，我要对各位评委老师表达我最特别的感谢，同时我要将这份"特别的爱与收获"分享给那些在网络上支持和勉励我的朋友们并致以诚挚的感谢。

"与好诗歌为伴，与好诗人为伍"是我现在以及未来最大的荣誉和快乐！借此，祝福此次获奖的诗人和诸位嘉宾朋友幸福安康，在诗歌的征途上披荆斩棘，不断前行！祝愿"中国当代诗歌奖"越办越好，努力成为引领当代诗歌创作的一面旗帜，成为未来中国诗歌史上永不熄灭的火炬。再次感谢！

余德水

授奖辞

余德水用灵动与沉稳，巧思与拙朴，传承与创新的奇妙组合方式，将中国书画艺术推向了崭新的高峰，从而抵达了卓越的艺术境界。

383

简介

余德水，当代书画家、九段养生功传人、气功养生书画创始人、中管院国学.心理学研究员、中央国家机关书法家协会和美术家协会职业书画家、中国行为法学会廉政书画院副院长兼重庆分院院长、中国美协（台湾）渝台文化交流中心主任、重庆市尚潮美术馆馆长、中国社会福利基金会老年事业基金形象代言人。余德水先生先后被《世纪之星》《东方文化周刊》等国家级刊物作为封面人物介绍。著有的长篇反腐小说《铁血风雨》，分别由中组部、中纪委、国务院新闻办等有关部级领导题写封面和题词关怀，从此拉开了电视连续剧《人民的名义》的序幕。国学磁场著作《磁场·人生的金字塔》在国内外广泛发行。余德水作品分别在中国、美国、法国发行邮品及邮票；并作为2019年贺岁明信片全国发行。

书画作品选

附录　第五届中国当代
诗歌奖获奖名单暨评委名单

在广大网络读者、诗人、批评家、翻译家、学者和十一位评委的大力支持与精诚合作下，中国当代诗歌奖（2017—2018）的评选工作，秉持"公开、公正、透明"与"网络性、公众性、学术性"相结合的原则，历时十五个月（2017 年 7 月至 2018 年 10 月 9 日），于 2018 年10 月 9 日正式揭晓。

按照评奖规则，网络投票和评委投票分值各占 50%，由于网络投票的复杂性，有效票的认定严格按照一个博客地址投一票的原则，同时，超过 3 人的投票名单、同一网名重复投票、恶意投票等方式一律无效。最终以网络读者和评委投票之和的多少排序，六个奖项得分最多的前 3 位，即为最终得主。需要说明的是，诗人雪鹰尽管不在候选名单中，但基于众多网络读者的推选和评委的票决，最终胜出。

经中国当代诗歌奖（2017—2018）组委会反复磋商，决定增设中国当代诗歌奖（2017—2018）诗集特别奖一名、中国当代诗歌奖（2017—2018）特别贡献奖一名（以此答谢为本届诗歌奖无偿提供价值数百万元书画作品的著名艺术家）。

在此，特别感谢广大网络读者、诗人、批评家、翻译家、学者的积极参与，感谢所有评委的辛勤工作，感谢统计专家陈德娜女士、李宗霖先生严格认真的统票工作。

以诗歌的名义，向第五届中国当代诗歌奖（2017—2018）的二十位得主，致以最热烈的祝贺！

第五届中国当代诗歌奖（2017—2018）获奖名单

（按得分多少排序）

一、中国当代诗歌奖（2017—2018）创作奖

潇潇、大枪、第广龙

二、中国当代诗歌奖（2017—2018）批评奖

罗振亚、张立群、卢辉

三、中国当代诗歌奖（2017—2018）翻译奖

马永波、李以亮、程一身

四、中国当代诗歌奖（2017—2018）贡献奖

刘川、度母洛妃、雪鹰

五、中国当代诗歌奖（2017—2018）新锐奖

晏略殊、姚瑶、丫丫

六、中国当代诗歌奖（2017—2018）诗集奖

王明凯《巴渝行吟》、周瑟瑟《暴雨将至》、段光安《段光安诗选》

七、中国当代诗歌奖（2017—2018）诗集特别奖

瓦刀《泅渡》

八、中国当代诗歌奖（2017—2018）特别贡献奖

余德水（中国当代著名画家、书法家）

第五届中国当代诗歌奖（2017—2018）评委名单

评委会主任

唐　诗　《中国当代诗歌导读》主编　博士　诗人　批评家

评　委（按姓氏笔画为序）

马启代　《山东诗人》主编　批评家　诗人

庄伟杰　《语言与文化研究》主编　博士　批评家　诗人

吴投文　湖南科技大学中文系教授　博士　批评家　诗人

杨志学　中国作家出版集团文学出版部主任　博士　批评家　诗人

张智中　天津师范大学外国语学院教授　博士　翻译家　诗人

张　智　混语版《世界诗人》季刊执行总编　博士　批评家　诗人

南　鸥　《中国当代汉诗年鉴》主编　批评家　诗人

高亚斌　兰州交通大学教授　博士　批评家　诗人

唐　欣　北京石油化工学院教授　博士　批评家　诗人

谭五昌　北京师范大学中国当代新诗研究中心主任　博士　批评家
　　　　诗人

《中国当代诗歌导读》编委会

国际诗歌翻译研究中心（IPTRC）

混语版《世界诗人》杂志社